neue frau
herausgegeben von
Angela Praesent

Gayl Jones

Die Vogelfängerin

Roman

Deutsch von
Uta Goridis

rororo
Rowohlt

Originalausgabe
Umschlagentwurf Isa Petrikat-Velonis

Veröffentlicht im Rowohlt Taschenbuch Verlag GmbH,
Reinbek bei Hamburg, Januar 1986

Gesetzt aus der Garamond (Linotron 202)
Gesamtherstellung Clausen & Bosse, Leck
Printed in Germany
680-ISBN 3 499 15681 4

Ich mag danach trachten,
eine Insel zu gewinnen,
andere trachten jedoch nach Schlimmerem.

Sancho Pansa

I
Wie man Füchse fängt

I

Ibiza. Ich habe Brasilien verlassen und lebe auf der weißgekalkten Insel Ibiza zusammen mit meiner Freundin Catherine Shuger, einer für nicht zurechnungsfähig erklärten Bildhauerin, und ihrem Mann Ernest, einem Autor populärwissenschaftlicher Artikel. Wir sind alle heimatlose Amerikaner: Exilierte.

Auf der Terrasse stehend, vom Duft der Orangen- und Eukalyptusbäume eingehüllt und von der Sonne gebadet, könnte man schwören, sein Paradies gefunden zu haben. Aber in Wirklichkeit lauern hier überall Gefahren. Gefahren, die jedoch nicht mir, sondern Ernest gelten: Catherine versucht nämlich immer wieder, ihren Mann umzubringen. Das geht schon seit Jahren so: Er steckt sie in eine Anstalt, denkt, sie ist in Ordnung, holt sie wieder heraus, und sie versucht, ihn umzubringen. Er steckt sie in eine andere Anstalt, denkt, sie ist in Ordnung, holt sie wieder heraus, sie versucht, ihn umzubringen: und so weiter, und so weiter. Man könnte annehmen, wir hätten allmählich begriffen; jeder begreift ja irgendwann einmal, nicht wahr? Wir schaffen es jedoch, irgendwie unseren Optimismus zu bewahren oder wenigstens so zu tun, holen sie heraus und warten ab. Sie ist wie diese gottverdammten Kreuzspinnen.

Und hier sitzt sie: Wir befinden uns beide auf einer Terrasse, die leuchtet wie eine Wiese voller Löwenzahn. Ich mache meine Aufzeichnungen, und Catherine kritzelt in ihr Therapie-Tagebuch, das sie auf Anraten ihres letzten Psychiaters führt. Drinnen, hinter der Glastür, arbeitet Ernest an einem Artikel über Laser-Medizin. Catherine sitzt immer noch in einem pinkfarbenen, seidenen Nachthemd und einem blauen Morgenrock aus Flanell herum, obwohl es bereits 14 Uhr ist und alles förmlich dampft vor Hitze. Ich weiß auch, was sie darunter trägt – Lady-Jockey-Schlüpfer (Schau mal, Amanda, Jockey macht auch Damenunterwäsche. Ich muß mir unbedingt welche besorgen!) und einen champagner- (Champagner!)-farbenen Danskin-Büstenhalter. Wie süß sie aussieht! Zum Anbeißen süß für jemanden, der ihre Geschichte nicht kennt; das Kinn ruht auf ihrem Handgelenk, und ihre Wangen sind so rund und unschuldig wie die eines Cherubs: Die Astronomen sagen, daß selbst Galaxien einander verschlingen – warum verschlingen wir also nicht das süße kleine Biest?

Sie versucht jedenfalls, Ernest um die Ecke zu bringen. Das ist eigentlich schon die ganze Geschichte. Niemand weiß, warum, und Catherine verrät es nicht. Wir können nur eines tun – ihre Versuche registrieren: Einmal versuchte sie eine Bücherkiste aus Stahl auf ihn herunterzuschubsen; ein anderes Mal ging sie mit einem glühenden Feuerhaken auf ihn los; und einmal, als wir in Detroit an einem Schrottplatz vorbeikamen, schnappte sie sich die rostige Speiche eines Fahrrads.

An einem Sonntag gingen wir vor 12 Uhr diese verlassene Seitenstraße entlang. Catherine entdeckte den Schrottplatz und rannte etwas voraus zu dem Zaun aus Maschendraht. Als wir bei ihr anlangten, hatte sie die Hände schon durch den Draht gesteckt. Man konnte sie beinahe für ein kleines Mädchen halten mit ihrem gelben Baumwollkleid, mit den zu winzigen Zöpfchen geflochtenen, von einem Band zusammengehaltenen Haaren, den aus dem Kleid hervorlugenden O-Beinen, die immer so aussahen, als wäre sie gerade dabei, sich auf den Sattel zu schwingen – Cowgirl-O-Beine, aufs Pferd, aufs Pferd! Sie trug Söckchen zu ihren hochhackigen Schuhen – das war damals gerade modern. Mit ihren einwärts gekehrten Zehen glich sie einem Kanarienvogel, der in seinen Käfig spähte.

«Komm schon, Catherine», sagte Ernest, nachdem wir einen Augenblick lang stehengeblieben waren.

«Ich schaue nur, ob sie irgend etwas Brauchbares haben. Es gibt da eine Menge Hartgummizeug. Ich denke daran, eine Serie von Gummiplastiken zu machen. Eine Sache, die mir so durch den Kopf geht.»

Sie schien zur Abwechslung glänzender Laune zu sein.

Ich achtete nicht mehr auf sie, sondern schaute auf das helle Gebäude, in dem sich das Büro der Schrottverwertungsgesellschaft befand. Es hatte so hohe Fenster, daß man auf eine Leiter hätte steigen müssen, um einen Blick hineinzuwerfen. Die Tür war ebenfalls sehr hoch und schmal; es konnte immer nur eine Person durch sie hindurch. Ich stellte mir einen dieser dürren Karnevalsriesen vor, einen Mann, der auf Stelzen lebte, im Smoking und mit einem überdimensionalen Zylinder im Zirkus auftrat. «Wir kommen morgen wieder hierher, dann kannst du dich umschauen.»

Ich drehte mich um; Catherine drehte sich um, ihr Fuß schnellte nach vorn, und sie streckte den Arm wie eine Fechterin aus, entschlossen wie ein Profi. Aber Ernest hatte etwas getan, womit sie nicht gerechnet hatte; er hatte seine Lederjacke ausgezogen und sich über den Arm gehängt – ein glücklicher Zufall oder eine Vorahnung? Jedenfalls war sie ein Schild, der ihn vor ihr schützte. Sie durchbohrte das Leder. Ich packte sie von hinten um die Taille und hielt sie fest. Sie stand immer noch mit dem nach vorne abgewinkelten Bein da, der andere Fuß war aus dem Schuh gerutscht; sie hatte deshalb keinen sehr sicheren Stand und ließ sich einfach festhalten. Ernest hatte ihr die Speiche aus der Hand genommen und schaute nur noch zu. Plötzlich stieß sie einen Schrei wie ein Samurai aus und ließ sich in meine Arme fallen. Ernests Blick hatte etwas Seltsames, Unergründliches an sich. Er erinnerte mich an damals, als ich mit einer Tante zur Polizei ging, um eine Anzeige zu erstatten. An einem grauen Metalltisch saß eine Frau und schaute Fotos an. Sie blätterte eine Seite nach der andern um, bis sie auf ein bekanntes Gesicht stieß. «Das ist er», sagte sie und dann: «Ich glaube, das ist er. Aller Wahrscheinlichkeit nach.» Der Detektiv hinter ihr sagte: «Wahrscheinlichkeit gibt's hier nicht.» Als meine Tante und ich wieder draußen waren, sagte sie: «Das stimmt auch nicht, daß es bei ihnen keine Wahrscheinlichkeit gibt. Ich hab's schon selbst erlebt.» Auf jeden Fall war der Blick dieser Frau, die das «wahrscheinliche» Foto entdeckt hatte, derselbe Blick, mit dem Ernest Catherine betrachtete: «Das ist sie. Ich denke, das ist sie. Aller Wahrscheinlichkeit nach ist sie das.» Da er aber hinter Catherines Schulter stand, sah es so aus, als würde er gleichzeitig uns beide, sie und mich, anschauen.

Schließlich nahm er die Fahrradspeiche und warf sie über den Zaun auf einen Haufen Schrott, aus dem sie wie eine Antenne hervorragte.

«Ich weiß, wo man Leder reparieren lassen kann», sagte Catherine.

Ich ließ sie los.

Ernest legte seine Jacke zusammen, so daß das Loch nicht mehr sichtbar war.

«Wohin wollt ihr beiden denn Essen gehen?» fragte er.

«Ich möchte ins griechische Viertel», sagte Catherine.

«Ich würde auch gern noch erfahren, wohin Amanda möchte. Du ißt doch gern chinesisch, nicht wahr?» fragte er.

«Griechisch ist okay», sagte ich.

«Also, dann griechisch», meinte er, kratzte sich am Hals und stieß langsam die Luft aus, ein Geräusch, das wie ein Reifen klang, aus dem die Luft entwich.

Jetzt muß sie sich also jedesmal etwas Neues einfallen lassen; es überkommt sie wie eine Inspiration. Anfangs waren es immer nur Messer gewesen, bis wir dann keine Messer mehr erlaubten, zumindest keine richtigen und auch keine aus hartem Kunststoff. Jetzt muß sie improvisieren. Und Ernest muß auf all ihren Reisen die Gutachten der Ärzte mitschleppen – damit er nicht immer wieder alles zu erklären braucht. Er hat Kopien bei sich, die in braunen Umschlägen stecken. Und selbst ich habe ein paar von ihnen in meinem Koffer.

Wenn Catherine das Spinnenweibchen ist, dann ist Ernest ... Wie soll ich ihn beschreiben? Er ist umwerfend. Zimtfarben mit breiten Schultern. Ich nenne ihn den «großen Fluß mit den zwei Herzen». Man braucht nämlich zwei Herzen, um mit einer so schwierigen Frau wie Catherine fertig zu werden. Und mein Mann dachte, ich sei eine Hexe! Im Vergleich zu ihr bin ich ein Einhorn.

Catherine sieht entweder sehr süß aus, oder sie sieht aus, als stünde sie hinter Glas. Wahrscheinlich weil sie schon verdammt oft hinter Glas gestanden hat. Was kann man da anderes erwarten? Nicht einmal ihre Puderdose darf sie mitnehmen, wenn sie in diese Heime geht – in ihr ist nämlich ein Spiegel, und sie haben Angst, sie könne den Spiegel zerschlagen und sich irgendwelche Verletzungen beibringen, sich die Pulsadern aufschneiden oder so. Sich selbst tut sie jedoch nichts – nie sich selbst. Man könnte ihr alle Spiegel dieser Welt geben, und sie würde sich nichts antun. Nein. Es gibt einmal diese Sorte. Und dann gibt es die andere – diejenigen, die es immer nur auf sich selbst abgesehen haben. Wie zum Beispiel jene Frau, von der mir Catherine erzählte – sie hatte es nicht auf ihre Pulsadern abgesehen, sondern auf ihre Möse – ritsch, ratsch. Weiber gibt es ...

Erst vor einer Woche hat Ernest sie aus der Mailänder Klinik geholt und nach Ibiza gebracht. Ich bekam seine Postkarte, als ich in Brasilien herumreiste. Früher ließ ich dann alles liegen und stehen und kam sofort angerannt. Inzwischen komme ich zwar auch noch, aber ich lasse mir Zeit, und wenn ich bei ihnen eintreffe, frage ich nicht einmal mehr, was passiert ist. Früher habe ich ein kleines Ritual daraus gemacht: «Catherine», fragte ich, «was ist passiert?» – «Ich habe nur versucht, meinen Mann umzubringen.»

Inzwischen frage ich nicht mehr; die Anstalten riechen auch alle gleich – nach Zellophan und Orangensaft. Gebäude aus Glas und Stein. Diesmal mußte sie anscheinend unbedingt den Atlantik überqueren, um überzuschnappen. Catherine hatte gerade diesen internationalen Kunstpreis gewonnen, der in Italien vergeben wird – ich weiß nicht mehr, wie er heißt, er ist aber sehr begehrt –, und sie sind nach Mailand gefahren, um ihn entgegenzunehmen. Sie nahm auch alles in Empfang, die Knete und die Trophäe aus Gold und Messing. Mit der versuchte sie es dann auch prompt wieder.

Mir fällt gerade dieses eine Mal ein, als sie ihn gerade beinahe umgebracht hatte und ich ankam: Sie saßen vor verschlossener Tür auf einer Bank im Korridor, und er hielt ihren Ellbogen. Die reinsten Turteltauben! Wenn nur alle Pärchen so aussähen! Was es nicht alles gibt! Und Catherine kann mit ihren Geschichten Bände füllen. Sie fängt an, über Ellbogen zu reden! Eben wollte sie noch ihren Mann umbringen, und jetzt redet sie über Ellbogen.

«Wußtest du schon, daß sich das Alter von der Haut an den Ellbogen ablesen läßt?» plappert sie drauflos.

«Nein, das wußte ich nicht.»

Ernest blickt hoch, sieht mich noch vor Catherine. Die Falten auf seiner Stirn scheinen sich abzulösen, dann werden sie tiefer. Als Catherine mich sieht, zwinkert sie mir zu und redet weiter.

«Ja. Wenn du die Haut zusammendrückst und hochschiebst und sie dann sofort wieder zurückschnellt, bist du jung! Bleibt sie oben, bist du alt!»

Sie probierte es an uns aus.

«Wir sind alle alt, mein Herz!» zirpt sie.

Und die unartige Catherine zeigt auf mich. «Sie möchte, daß ich's mit deinem Schwanz probiere!» ruft sie.

«Laß das», fährt er sie an.

Catherines kleiner Finger, den sie immer noch gegen mich erhoben hat, bewegt sich drohend hin und her und senkt sich dann, um gegen ihr Knie zu trommeln.

Als der Arzt kam, verschwand Catherine mit dem Grinsen eines Clowns hinter den verschlossenen Türen.

Perplex starrten Ernest und ich einander an, dann holte er die ärztlichen Gutachten aus seinem Koffer.

2

Ich muß etwas ausführlicher von dieser Frau berichten – dieser Braut, die ihre Möse zerschnitt. Sie war mir schon über den Weg gelaufen, bevor ich ihre Geschichte hörte. Man begegnet ja manchmal Leuten und erfährt erst später Genaueres, stimmt's? Man wünscht sich dann, sie wären einem erst über den Weg gelaufen, nachdem man von ihnen gehört hat; dann wären einem lauter aufschlußreiche Details aufgefallen, die einem so entgangen sind. Ich habe also schon einmal neben dieser Frau auf einer Bank im Korridor gesessen, und zwar als Catherine sich gerade wieder einmal in die örtliche «Verrückungsanstalt» (ihre Bezeichnung) zurückgezogen hatte – ich kam damals noch sofort angereist. Sie war gerade bei ihrem Therapeuten, und ich mußte im Flur auf sie warten. Ich erkannte gleich, daß die Frau eine Patientin war, da sie diesen grauen Hausmantel und silberne Pantoffeln trug. Sie saß einfach da und rang die Hände, ohne etwas zu sagen – eine Hand schob sich vor und zurück und um die andere Hand herum. Schließlich kam die Schwester und sagte mir, daß Catherine wieder auf ihrem Zimmer sei.

«Ich hab dich mit Gwendola auf dem Flur sitzen sehen.»

«Gondola» verstand ich zuerst.

Catherine schüttelte den Kopf. «Frauen gibt's.»

«Zum Beispiel?»

Sie saß auf dem Bett, den Rücken gegen die Wand gelehnt. Ich saß auf dem unbequemen Besucherstuhl.

«Auf was für Ideen manche Frauen kommen. Und sie ist eine intelligente Frau. Es gibt eine Menge intelligenter Leute hier. Verrückt, aber intelligent.»

«Was ist denn mit ihr los?»

Sie kratzte sich am Knie, fuhr nach hinten und kratzte sich am Po, dann kratzte sie sich im Ohr.

«Na ja, das liebe Kind hat es geschafft, eine Puderdose hereinzuschmuggeln. Eine ihrer Tanten, die auch am besten hier aufgehoben wäre, das schwöre ich dir, hat sie in einem Osterkörbchen versteckt. Irgendein Idiot inspizierte die Schokoladehäschen und den ganzen Quatsch, vergaß aber, unter das Gras zu schauen, was eigentlich das allererste ist, wenn man Osterkörbchen durchsucht. Und als Gwendola erst mal ihre Puderdose hatte, ging's rund.»

«Hat sie sich die Pulsadern aufgeschnitten?»

«Nein. Sie ging an ihre Möse. Sie retteten, was zu retten war. Natürlich müssen sie erst einmal abwarten, bis es geheilt ist, um sagen zu können, wieviel noch davon übrig ist. Der Busch und die Knospe sollten natürlich gerettet werden.»

Ich schüttelte den Kopf. Sie zuckte die Achseln. «Aber nach dem, was ich gehört habe, kann sie froh sein, wenn sie noch ein Loch hat.»

Ich sagte nichts. Ich versuchte, mich an Details zu erinnern, die mir nicht weiter aufgefallen waren.

«Es ist irgendwie komisch. Die Frauen hier haben sie alle irgendwie gern. Wir lassen sie in Ruhe, und sie läßt uns in Ruhe, wir haben sie nur gern um uns herum. Den Männern dagegen wäre es am liebsten, wenn sie sich überhaupt nicht blicken ließe.»

Auf dem Flur war von Gwendola nichts mehr zu sehen, nur ihre Hausschuhe standen noch herum. Ich bin ihr auch nur in meinen Träumen wieder begegnet. Das nächste Mal mache ich Sie miteinander bekannt.

3

Ich sollte mich endlich selbst vorstellen. Ich heiße Amanda Wordlaw. Kein schlechter Name für eine Schriftstellerin, nicht? Es ist nicht einmal ein Pseudonym, sondern der Name, mit dem ich geboren wurde – beinahe. Ich schreibe Romane. Früher jedenfalls. Meistens erotische Romane, wie diese weitschweifigen, im Untergrund zirkulierenden viktorianischen Pornos. Vielleicht kennen Sie ein paar von den Titeln: *Regenbogengeschichten, Vor Cowgirls wird gewarnt, Die Geschichte der Andern.* In einer Zeitschrift hat einer mal über mich geschrieben: «Die kleinen, geilen Lolitas sind erwachsen geworden.» Es war ein mieser Artikel, so mies, wie man es erwarten würde, wenn *Nackte Gesellschaft* von einer Frau geschrieben worden wäre. Danach hörte ich jedenfalls auf, erotische Romane zu schreiben und verfaßte statt dessen Reisebücher: *Fun and Sun in Mexico, Ist Paris wirklich Cleveland?, Die Blumenverkäufer von Madagaskar, Die Wunderheiler von Bahia.*

Für die Shugers bin ich wohl die ideale Gesellschafterin – jemand, der von Berufs wegen zuhört und beobachtet. Leute, die wissen, oder zu wissen glauben, was sich bei den Shugers abspielt, fragen sich, warum ich mich soviel bei ihnen aufhalte. Ich verstehe es selbst nicht. Ich könnte mir irgend etwas ausdenken, ein Klischee wie zum Beispiel «Catherine ist die einzige Person, die mich so nimmt, wie ich bin». Aber das stimmt nicht. Sie nimmt sich vor mir in acht; Ernest ebenfalls. Sie nehmen sich beide vor mir in acht – aber sie nehmen mich auch bei sich auf. Als brauchten sie einen Zuschauer bei diesem Affentheater, diesem Kammerspiel, das sie aufführen. Catherine hat noch nie versucht, ihn in aller Öffentlichkeit anzugreifen. Selbst damals auf jener Straße in Detroit – es war ein Sonntag, und der Schrottplatz war geschlossen; auf der Straße war kein Mensch zu sehen, die Speiche ragte ganz zufällig durch den Maschendraht. Sie machen sich auch ein falsches Bild, wenn Sie sich vorstellen, daß Catherine ihren Kunstpreis in Empfang nahm, sich auf der Bühne in Mailand plötzlich umdrehte, Ernest zu erschlagen versuchte und dann in der Zwangsjacke abtransportiert wurde. Sie wartete vielmehr, bis sie wieder auf ihrem Hotelzimmer waren, noch ganz erfüllt von dem rauschenden Abend – Ernest stolz und verliebt und völlig vergessend, daß Messing und Gold gefährliche Metalle sind.

Ihre Anschläge fanden also nie in der Öffentlichkeit statt; sie wählte immer Augenblicke, in denen sie sorglos und allein waren. Das Ganze ist trotzdem ein offenes Geheimnis, Gerüchte zirkulieren, und Klatsch und Tratsch bilden ein dichtes Netz.

Catherines Aura ist gelb. Das hat uns diese Hellseherin, diese Wahrsagerin einmal gesagt – eine Frau, die sich als ‹einmaliges, international bekanntes afroamerikanisches Medium› ausgab, und Catherine ließ nicht locker, bis wir schließlich zu ihr hingingen. Gelb sei eine sehr gute Aura, meinte sie. Und meine Aura? Über meine Aura wollte sie nicht sprechen, als habe sie Angst davor. Statt dessen sprach sie über Probleme, die mir bestens bekannt waren. Zum Beispiel habe ich dieses Ekzem auf Schultern und Rücken. Sie erwähnte es. Aber wen interessiert das schon, wenn einem nicht gleichzeitig ein Heilmittel angeboten wird? Sie bot jedoch keines an, sondern sprach einfach nur davon. Und auch meine Aspirinsucht kam zur Sprache, obwohl ich versuche, nicht mehr als drei pro Tag zu nehmen. «Wie wär's mit etwas, was sich auch gleich beheben läßt?» sagte ich. Aber sie lachte und meinte, Catherine solle ihre Hand ausstrecken, damit sie ihre Liebeslinie sehen könne.

Sag uns lieber, wie wir Catherine von ihren mörderischen Absichten abbringen können.

Hier auf Ibiza hat Ernest eine vorläufige Lösung gefunden. Er verbringt nur den Tag mit uns, nachts geht er dann zurück in sein Hotel auf der anderen Seite der Insel und läßt Catherine und mich in dem Haus der Fischersleute. Fragen Sie mich nicht, ob sie sich tagsüber lieben, das ist nicht mein Gebiet. Ich kann nur sagen, daß ich nie irgendwelche Geräusche gehört habe, die darauf schließen lassen. Es zirkulieren jedoch ziemlich indiskrete Gerüchte über uns drei, gegen die ich mich energisch verwahre.

Eines läßt sich jedoch über unseren Aufenthalt auf Ibiza sagen – ein ganzer Monat ist vergangen, ohne daß Catherine einen Mordversuch unternommen hat. Und wie schön diese Insel ist! Soviel Sonne! Manchmal sitzt man am Strand und fühlt sich, als hätte man sich in Sonne verwandelt.

Ich mag Strände, aber Catherine zieht die «Eselspfade» vor, wie sie die schmalen Gassen mit den eng aneinandergebauten weißgetünchten Häusern nennt. «Wir haben Ibiza in einem Reisefilm entdeckt», erzählt Catherine. «Nicht zu glauben, oder? Diese tollen Luftaufnahmen – Ern hat einmal einen Artikel über einen von diesen Fotografen geschrieben, die so etwas machen. Wenn ein Ort von oben gut aussieht, dann weiß ich auch schon, daß er mir gefallen wird. Wenn man denkt: Oh, dort sollten wir landen und uns umschauen. Mich erinnerte Ibiza an Athen, Ernest an Marokko. Athen und Marokko in einem – was will man mehr? Ernest glaubte natürlich nicht, daß es so schön wie in dem Film sein würde, ich schon. Es muß einfach, wenn es vom Flugzeug aus so toll aussieht.»

Sie beugt sich zu mir und wackelt mit der Nase (sie kann das): «Genug Strände für dich, Baby?»

«Ja.»

«Ich mag nun mal meine Eselspfade. Erkunden wir die Insel.»

Es läßt sich natürlich leicht erraten, was Ernest am liebsten an Ibiza mag: die Ruhe, oder sollte man es «Aufschub» nennen?

Luft zum Atemholen.

«Schläfst du mit ihm?» fragte mich Catherine einmal, als hätte sie den Gerüchten Glauben geschenkt oder selbst eines erfunden.

«Nein», sagte ich.

Sie fragte nicht weiter, aber ich glaube, irgendwie steht diese Frage immer im Raum. Die Wahrheit ist: Was Ernest betrifft, halte ich mich eisern zurück. Außerdem interessiert er sich überhaupt nicht für mich. Er gehört Catherine ... ich meine, er muß Catherine gehören, sonst würde er sich doch nicht auf die ganze Scheiße einlassen und mit ihr zusammenbleiben, oder?

Gegen die Scheiße, die man träumt, ist man jedoch machtlos. Einmal träumte ich, daß ich draußen auf der Terrasse stand und er von hinten an mich rankam und meinen Rock hochschob.

«Vor Cowboys wird gewarnt», sagte er.

«Das ist nicht meine Geschichte, das ist *die Geschichte der Andern*», sagte ich. «Ich lasse mich auf so etwas nicht ein.»

«Catherine braucht nichts davon zu erfahren.»

Er zog mir den Slip herunter.

«Ich möchte nicht, daß sie auch noch mir was tut.»

«Feigling.»

«Vor Feiglingen wird gewarnt.»

«Ich liebe dich.»

«Nein, du liebst nicht mich, du liebst Catherine. Geh rein und sag's ihr, statt Blödsinn zu machen.»

«Sag mir, daß du mich liebst.»

«Das kann ich nicht. Ich hab schon zuviel mit dir durchgemacht, um dir das noch sagen zu können. Und du hast schon zuviel mit Catherine durchgemacht, du mußt sie einfach lieben.»

«Sag ‹Geliebter› zu mir.»

«Nein, ich sage ‹mein Freund›, Geliebter.»

Er vögelt mit mir, während ich mich an der weißen Steinbrüstung festhalte.

Wie ich schon sagte, man ist machtlos gegen die Scheiße, die man träumt.

«Hasch mich, mein Herz, hasch mich.»

Sie liegt ausgestreckt auf dem Bett und zieht dann ihren champagnerfarbenen Schlüpfer aus.

«Nein, du haschst *mich*», sagt er.

Er sitzt auf dem Bettrand, und Catherine bläst ihm einen. Ich stehe in der Tür, stochere in meinen Zähnen herum und beobachte, wie ihre Zunge über seinen Schwanz fährt und seine Eier kitzelt.

«Hast du denn keine Angst?» frage ich.

Catherine dreht sich nach mir um und grinst mich an; ich sehe nur noch Zähne.

«Ich meine, diese Zähne!»

«Nein, ich hab keine Angst. Sie weiß, was sich gehört.»

«Möchtest du auch mal?» fragt Catherine.

«Nein», sage ich.

»Komm schon, besorgen wir es ihm.»

«Nein, danke.»

«Weißt du, daß sich das Alter eines Mannes von den Ringen um seinen Schwanz ablesen läßt? Schau dir diese ganzen Ringe an! Er ist alt, meine Liebe, uralt.»

Sie macht diese schmatzenden Geräusche, die man aus erotischen Comic-strips kennt. Er fährt über ihre Haare, streichelt sie. Auf ihrem Nacken und seinen Augenbrauen glitzern Schweißperlen. Im Hintergrund singt James Brown *«It's a man's world ... oh, oh, oh, oh».*

«Versuch's doch mal, es ist besser als ein Zahnstocher», sagt Catherine, die seinen Schwanz behutsam zwischen Daumen und kleinem Finger hält. Sie leckt die Kuppe ab und steht auf.

«Siehst du, es war ganz ungefährlich», sagt Ernest.

«Und jetzt ich», sagt Catherine und streckt sich auf der weißen Decke aus. Die Haare ihrer Muschi sind rot, die Schamlippen bronzefarben und rosarot, aber die Ränder sehen aus, als hätte man sie in Salz oder Sahne getaucht.

«Ich lecke keine Muschis», sagt Ernest und verschränkt die Arme.

«Typisch, so sind sie», sagt Catherine und stützt sich auf den Ellbogen ab.

Ich sitze auf dem Boden, und sie scheint von einem Hügel aus Muschi und rotem Farn auf mich herabzublicken.

«Was meinst du?»

«Sie lassen sich immer nur bedienen, und die Frauen können sehen, wo sie bleiben.»

Ich starre auf ihre Muschi, die sich bewegt, als wolle sie gleich abheben.

«Ja, ich weiß, was du meinst.»

Wie ein Schlangenmensch beugt sie sich nach vorn und läßt ihre Zunge hineingleiten.

Als ihr Kopf auftaucht, sieht man wieder nur Zähne. Sie macht Reklame dafür, wie meine Tante einmal von einer Zahnärztin sagte.

«Und wenn ich's nun à la Gwendola auf einer Platte servieren würde, zusammen mit Petersilie, Zitrone, Pfeffer, Worcester-Sauce und Tabasco?»

«Wer ist Gwendola?» fragt er nur.

«Sie können froh sein, Mister, daß ich's nicht bin.»

«Wer ist das?»

«Das bleibt unter uns Frauen, du solltest dankbar sein, daß du's nicht weißt.»

Ernest, der immer noch mit verschränkten Armen dasitzt, sieht aus, als würde er Seifenblasen machen. Ich rücke in sein Gesichtsfeld, damit er mir eine zublasen kann.

«Voilà, kommt und bedient euch! Schließt euch der Orgie an!»

Hatten Sie nicht auch schon Träume, bei denen Sie nicht wagten, hinzuschauen?

4

«Ich möchte gefüllte Weinblätter», verkündete Catherine, kaum hatten wir Platz genommen. «Ich hab schon ewig keine gefüllten Weinblätter mehr gegessen.»

«Und du?» fragte Ernest. Er saß uns gegenüber. Er hielt die Jacke immer noch wie einen Schild, dann legte er sie jedoch auf den Sitz neben sich.

«Ich versuche die Weinblätter», sagte ich. «Hab ich noch nie gegessen.»

«Sie sind unschlagbar. Was Köstlicheres gibt es nicht», sagte Catherine.

«Ich nehme Hühnerflügel mit grünem Pfeffer», sagte Ernest.

«Jedesmal nimmst du Hühnerflügel. Kannst du nicht mal was anderes essen, Weinblätter oder Steaks, statt deiner ewigen Hühnerflügel?»

«Und du nimmst immer Weinblätter.»

«Ja, aber die gibt es nur im griechischen Viertel. Hühnerflügel gibt es überall. Dafür brauchst du nicht hierherzukommen.»

Als der Kellner kam, bestellte Ernest einen griechischen Wein, seine Hühnerflügel und die Weinblätter.

«Wie findest du sie?» fragte Catherine, als ich in die gefüllten Weinblätter biß. Ich kaute. Sie sahen eigentlich wie Krautwickel aus, aber sie hatten einen Geschmack, den ich nicht genau definieren konnte.

«Sie schmecken mir», sagte ich.

«Sie sind einfach fabelhaft. Und wie sind deine Hühnerflügel, Baby?»

«Sehr gut.»

«Die kriegst du überall.»

«Hier nehmen sie aber andere Gewürze», verteidigte sich Ernest.

«Man kann sie würzen, wie man will, Huhn ist einfach langweilig», sagte Catherine. «Und Langeweile ist tödlich. Nichts ist tödlicher als Langeweile.»

Wir sagten nichts. Catherine blickte sich im Raum um.

«Schaut mal, dort drüben sitzt ein Schlitzauge und ißt griechisch. Irgendwo habe ich gelesen, daß man ein Schlitzauge nicht

Schlitzauge nennen soll. Weil es abfällig klingt. Ich finde aber nicht, daß es abfällig klingt.»

«Weil du kein Chinese bist», sagte Ernest.

«Schaut mal, dort drüben sitzt ein chinesischer Herr und ißt griechisch. Sollte ich das sagen?»

«Wahrscheinlich», sagte Ernest.

«Meiner Meinung nach klingt das viel abfälliger», sagte Catherine. «Ich wäre jedenfalls lieber ein Schlitzauge als ein chinesischer Herr.»

«Weil du kein Chinese bist.»

«Soll ich zu ihm rübergehen und ihn fragen, was er lieber hört?»

«Nein, Catherine.»

«Und was bin ich? Ich meine, wenn Amanda nicht mit von der Partie wäre – peinlich berührt, süß und rührend wie sie ist – und wenn sie dieses anonyme schwarze Paar, dich und mich, mustern würden, was wäre ich? Sie würden sagen: ‹Schaut mal, da sitzt ein schwarzer Gentleman, der griechisch ißt und ...› Was würden sie sagen?»

Sie drehte sich zur Seite und blickte in den Spiegel, der an der Wand entlanglief. Ihr Ausdruck veränderte sich; sie versuchte, gefährlich auszusehen. «Sie würden sagen: ‹Da ist sie, Leute, seine schwarze Horrorbraut.›»

«Pssst.»

«Sehe ich nicht wie *die* schwarze Horrorbraut aus?»

«Nein, du siehst wie Tweety Bird aus», sagte ich.

«Du bist nicht mit von der Partie, vergiß das nicht», sagte sie und schaute in meine Richtung, ohne mich anzublicken. «Sie würden sagen: ‹Da sitzen dieser schwarze Gentleman und seine schwarze Horrorbraut.›»

«Ehrlich, Catherine, es interessiert mich nicht im geringsten, was sie sagen würden», meinte Ernest.

Sie machte ein langes Gesicht und starrte auf meinen Teller. «Wenn dir deine Weinblätter zuviel sind, esse ich sie.»

«Ich bin nicht mit von der Partie, vergiß das nicht», sagte ich.

Sie erwiderte nichts. Schließlich tauschte ich mit ihr den Teller. Sie aß.

«Weißt du, Ernest hat einmal einen Artikel geschrieben, der darauf hinauslief, daß man ist, was man ißt. Nach dem Artikel zu urteilen, scheinen nur die Orientalen *richtig* zu essen; wenn sie zum Beispiel unsere westliche Ernährungsweise übernehmen, bekommt ihnen das überhaupt nicht. Nach diesem Artikel fingen wir also an, die Dinge zu essen, die darin empfohlen wurden. Nach einer Woche hing es mir zum Hals heraus. Ihm auch, aber er gab es nicht zu. Er hatte diesen Artikel geschrieben und dachte wohl, er müsse in die Tat umsetzen, was er da predigte. Holen wir denn nun morgen dieses Gummizeug ab?»

«Du hast dich selbst um das Gummizeug gebracht.»

«Ich kenne einen Laden, in dem es nur Gummi gibt. Sie schmelzen Gummi – ich weiß auch nicht genau, was sie machen, auf jeden Fall haben sie nur Gummi, alles ist aus Gummi. Wir können dorthin gehen.»

«Du hast dich selbst um dein Gummizeug gebracht.» Er neckte sie nun. «Ja, du kannst dein Gummi haben. So wie es aber im Augenblick aussieht, müssen wir bald eine Wohnung dazumieten, nur für den ganzen Plunder.»

Entweder blickte Catherine mich tatsächlich so an, als gehörte ich zu dem ganzen Plunder, oder ich bildete es mir nur ein.

«Ich wußte, daß du Tweety Bird nichts abschlagen würdest», sagte Catherine.

«Woher weißt du, daß es Tweety Bird ist, der ich nichts abschlage?» fragte Ernest mit einem schelmischen Lächeln.

Catherine erwiderte sein Lächeln, dann senkte sie plötzlich den Kopf, leckte ihren Teller ab und hob wieder den Kopf. Als sie aufblickte, kam gerade der Kellner, um abzuräumen. Ihr schelmisches Lächeln fiel auf ihn.

«Essen Griechen auch chinesisch?» fragte sie, zu ihm aufblikkend.

Draußen klopfte sich Catherine auf den Bauch. Wir machten einen kleinen Bummel.

«Sehr gut, unser *repas*», sagte sie. «Habt ihr Kaugummi?»

«Wie kommt's, daß ich immer da bin, wenn du was brauchst?» sagte ich und suchte in meiner Tasche nach Kaugummi.

«Ja, ich weiß auch nicht, wie kommt das denn?»

Ich gab ihr den Kaugummi. Sie kicherte und rannte voraus. An einem Fuß war ihr Söckchen in den Schuh gerutscht. Sie verschwand um die Ecke.

«Ich geh ihr nach», meinte ich.

Ernest schüttelte den Kopf.

Wir gingen weiter.

Catherine kam gemächlich und Kaugummi kauend – oder vielmehr schmatzend – um die Ecke und tat so, als würde sie uns nicht kennen. Sie ging an uns vorbei, einen imaginären Hut antippend. «Tag.»

Wir drehten uns um und warteten auf sie. Sie machte kehrt und kam angerannt.

«Ach, ihr seid's!» Sie musterte uns wie eine alte Frau, die ihre Brille vergessen hat. «Ich hab euch gar nicht erkannt. Ich dachte, es sei einfach ein schwarzer Gentleman mit seiner Gattin, aber es seid ja bloß ihr.»

«Und wer sind wir?» fragte ich.

Ernest stand nur da.

«Das sag ich euch nicht; von mir erfahrt ihr das nicht. Ihr könnt mich mit einem Gummischlauch schlagen, ich verrate es nicht.»

«Auch Tweety Bird kriegt heute nichts», sagte Ernest. «Kein Gummi für Tweety Bird.»

«Nicht einmal ein Gummiband?»

«Nicht einmal ein Gummiband.»

«Wie soll ich denn deiner Meinung nach arbeiten, wenn du mich an Material so knapphältst?»

«Du hältst dich selbst knapp an Material», sagte er. Er ging weiter.

«Leute, schaut euch Catherine Shugers Ausstellung an. Catherine Shuger, die einzige Bildhauerin der Welt, die mit Schokoladepudding und einem Löffel arbeitet!»

«Das hat schon jemand gemacht», sagte ich.

«Tatsächlich?» Catherine stand da und sah aus, als ob sie es glaubte.

«Komm», sagte Ernest.

Wir folgten ihm wie Küken.

5

Schrottplätze und Gummifabriken sind zu meiden.

6

In Catherines Bildhauer-Werkstatt läuft pausenlos Musik, meistens Jazz-Satchmo, Miles, Tyner, The Great Trane. Manchmal legt sie jedoch auch eine Oper auf – *Carmen, La Bohème, Figaros Hochzeit, Pagliacci, Orpheus und Eurydike, Tannhäuser, Die Zauberflöte.* Als ich es betrete, wabert *Bitches' Brew* von Miles Davis aus den Lautsprechern; sie steht an ihrem Arbeitstisch und klebt Federn aus Holz auf eine Plastik, die *Vogelfängerin* heißt; sie besteht aus Holz, Aluminium und irgendwelchen gefundenen Gegenständen; das Ganze wird von ihr immer wieder demontiert und neu zusammengesetzt, und das geht schon seit Jahren so – wie diese Puzzle-Skulptur, nur daß hier die Künstlerin sich selbst nicht entscheiden kann, was wo seinen Platz finden soll.

Ich sitze auf einer Palette, die sie mir in einer Ecke zugewiesen hat. Die Beine habe ich angezogen, die Arme liegen auf meinen Knien und das Kinn auf meinen Händen. Ich störe sie nicht, während sie mit gerunzelter Stirn dasteht. Wie eine Katze aus Stein sitze ich da und schaue ihr zu.

«Hast du diesen Kriegs-Penny noch?» fragt sie über die Schulter.

«Ja.»

Ich suche danach in den Taschen meines Hosenrocks und will aufstehen.

«Wirf ihn rüber.»

Sie fängt ihn.

Es ist ein grauer Penny, der während des Kriegs geprägt wurde, als sie zuwenig Kupfer hatten. Wir stammen beide aus dieser Zeit.

«Ich baue ihn irgendwo ein», sagt sie und legt ihn zu den anderen Fundstücken auf den Tisch, zu den Muscheln, Gummibändern und Scherben von allen möglichen Dingen.

«Sie sieht gut aus», sage ich. «Mir gefällt sie so.»

«Nein, sie ist noch nicht ganz soweit; sie ist immer noch nicht ganz fertig.»

«Ich glaube, du willst überhaupt nicht damit fertig werden.»

Ich glaube, es macht ihr Spaß, sie zu demontieren und neu zu erschaffen. Ich glaube, sie will ewig daran herumbasteln.

«Sie ist einfach noch nicht soweit.»

Noch nicht soweit: Man soll erst dann zur Kommunion gehen, wenn man soweit ist, sagen die Zeugen Jehovas, die Religion meiner Kindheit. Und da nie jemand soweit ist, geht auch nie jemand zur Kommunion. Außer manchmal ein uralter Mann oder eine uralte Frau. Ich konnte es einfach nie glauben, daß man einfach nur uralt werden muß, um soweit zu sein.

Als ich in Brasilien war, schrieb Catherine mir einen Brief: «Du fehlst mir, Mädchen. Dein lächelndes Gesicht fehlt mir. Wir leben auf der weißgekalkten Insel Ibiza, dem Land der Weltenbummler, Traumschlösser, Festungen. Komm und sei mit uns zusammen.»

Ich lächle nicht immer, aber wenn sie mich bittet zu kommen, komme ich. Manchmal komme ich stirnrunzelnd und frage mich, was Catherine wohl wieder im Schild führt.

Ernest behauptet, meine Gegenwart mache Catherine glücklich, aber Catherine erinnert mich immer an De Koonings *Frau mit Fahrrad*; man weiß nie, wo man das richtige Lächeln suchen soll; Lächeln = entblößte Zähne.

«Was täten wir nur ohne dich», sagt Catherine, als ich ankomme.

Ernest küßt mich auf die Backe, Catherine steht in einem gelben Kleid im Türrahmen. Seit diese Wahrsagerin gesagt hat, ihre Aura sei gelb, trägt sie nur noch Gelb. Sie lächelt mir zu, ich lächle zurück und gehe dann zu ihr, um auch mit ihr Küsse auszutauschen.

«Hat es dir in Brasilien gefallen?» fragt sie. «Hast du dich gut amüsiert?»

«Schon.»

«Hast du jemand besonderen getroffen?»

«Nein.»

«Das glaub ich nicht.»

«Du siehst aus wie ein Kanarienvogel.»

«Aber du würdest uns nichts davon erzählen, oder?»

Ihre braune Nase weist zwei Sommersprossen und einen Leberfleck auf.

Sie umarmt mich und bleibt dicht vor mir stehen. Ich trete einen

Schritt zurück, wie ich es immer tue, um zumindest etwas von meinem Territorium zu bewahren.

«Weißt du eigentlich, wie glücklich du mich machst?»

Ich folge ihr ins Haus.

Heute entdeckte ich zum erstenmal Grau in Catherines Haar. Sie hebt die Hand, um sich den Schweiß von der Stirn zu wischen. Sie hat graue Schläfen.

Ernest steckt den Kopf durch die Tür von Catherines Werkstatt.

«Oh, du bist am Arbeiten.» Er kommt herein und schaut Catherine einen Augenblick lang zu. «Du bist immer noch an diesem verdammten Ding? Für mich sieht eines aus wie das andere. Nimm dir doch etwas Neues vor. Ich finde, du vergeudest nur deine Zeit damit. Fang doch was Neues an.»

«Früher hast du immer gesagt, ich wäre zu ungeduldig, bliebe nie bei einer Sache.»

«Es gibt auch noch einen Mittelweg, Liebes. Es gibt so etwas wie einen Mittelweg.»

Sie sieht ihn an wie der liebe Mittelweg persönlich.

«Ich möchte, daß alles daran stimmt», murmelt Catherine.

«Wie du meinst.»

Er wendet sich zu mir. Ich schaue auf den Leberfleck auf seiner Wange und dann in seine verschmitzten braunen Augen.

«Manda, Baby, und was tust du? Nichts? Komm raus und red mit mir.»

Er nimmt mich bei der Hand und zieht mich hoch. Catherine wirft uns einen Blick zu, murmelt etwas und geht wieder an ihre Plastik.

«Wie geht's dir denn so?» fragt er, als wir hinausgehen.

«Ganz gut.»

Er hält noch immer meine Hand. Eine y-förmige Ader tritt auf seinem Handrücken hervor. Ich starre auf ein Labyrinth blauer Adern, das sich von seiner rötlichbraunen Haut abhebt. Auf seinem Handrücken entdecke ich einen weiteren Leberfleck.

Er rückt seinen Liegestuhl an meinen heran. Wohin starren wir? Ins Blaue. In einen Himmel, so blau wie seine Adern? Als er die Armlehne des Stuhls packt, tritt wieder das Y hervor. Y = ?

«Hat man dich in Brasilien gut behandelt? Offenbar. Du siehst gut aus. Was hast du da eigentlich gemacht?»

«Material gesammelt.»

«Für einen neuen Roman?»

«Nein, wieder für ein Reisebuch. Genauer gesagt, für ein Handbuch über die Heilpflanzen dieser Gegend.»

«Klingt interessant.»

«Sie soll uns von dem Typen erzählen, den sie getroffen hat.» Catherine tritt schmollend zu uns. «Nie spricht sie über ihre neuen Typen.»

«Ich hab dir doch gesagt, daß ich niemand besonderen getroffen habe.»

«Das ist gelogen. Du leuchtest. So leuchtet man nur, wenn man verliebt ist. Nicht wahr, Ern, sie leuchtet?»

«Wie ein Glühwürmchen.»

«Und wen hast du nun getroffen?»

Ernest steht hinter Catherine, die Hand auf ihren Schultern.

«Ich muß gehen», sagt er.

«Du bist doch eben erst gekommen.»

«Ich weiß, aber ich war den ganzen Tag mit diesem Laser-Artikel beschäftigt. Ich bin völlig fertig.»

«Spielverderber.»

«Ich frühstücke morgen früh mit euch beiden.»

«Manda ist hier und beschützt dich, du brauchst dich nicht vor der Dunkelheit zu fürchten.»

Ernest runzelt die Stirn und wirft mir einen Blick zu. Ich habe das Gefühl, meine Stirn ist aus Butter.

Catherine schmollt, dreht sich plötzlich um, küßt ihn. Er verschwindet hinter ihrem Kopf.

Als sein Gesicht wieder auftaucht, blutet seine Unterlippe.

«Ich hole was zum Desinfizieren», sage ich und erhebe mich aus meinem Liegestuhl.

«Nein», sagt er.

«Ich hole was zum Desinfizieren», wiederhole ich.

Er will an mir vorbei. Ich packe seine Hand, greife in die Tasche, nehme die Watte aus meinem Aspirinröhrchen, recke mich und wische ihm die Lippe ab.

«Nimmst du das Zeug immer noch?» fragt er und zeigt auf das Aspirin.

«Ja.»

«Ich dachte, du hättest damit aufgehört. Aber du bist ja eine erwachsene Frau, was kann ich da sagen. Du bist alt genug.»

Ich betupfe seine Lippe mit Watte.

Als er gegangen war, drehte ich mich nach Catherine um und starrte sie an. Ich hatte keine Warums mehr für sie parat; ich starrte einfach nur, und sie starrte zurück.

«Ich mach was zum Abendessen», sagte ich schließlich.

«Er ist nicht einmal zum Abendessen geblieben. Er hätte zumindest zum Abendessen bleiben können. Vielleicht hat er einfach nur Angst vor der Dunkelheit.» Sie saugte an ihren Zähnen und meinte dann mit singender Stimme: «Vielleicht hat er auch nur Angst vor mir.»

«Und das gefällt dir? Ein Mann, der Angst vor dir hat?»

«Dir doch auch», sagte sie. «Jeder Frau gefällt das.»

Dieser Mösenzerstücklerin gefiel das auch. Klingt wie eine Haushaltsmaschine, nicht?

Es gibt keine richtigen Messer in unserm Haushalt, nur Plastikmesser. Und Plastikgabeln. Nur die Löffel sind aus Metall. In der Küche mache ich ein Hühnerragout und Wackelpudding mit Ananasscheiben. Auf einem Pappteller liegt Krabbenbrot.

Catherine, die sich an den Tisch gesetzt hat, äugt wie eine Elster.

«Riecht gut.»

«Er hätte bleiben können, um *dir* Gesellschaft zu leisten», sagt sie, «selbst wenn er von mir die Nase voll hatte.»

«Wenn er geblieben wäre, hättest du ihn doch hinausgeekelt. Irgend etwas wäre dir schon eingefallen.»

Ich fülle das Ragout in zwei Plastikschalen, stelle ihre Schale vor sie hin und setze mich mit meiner.

«Er bringt dich an die schönsten Orte, aber du verpatzt immer wieder alles. Es ist sogar mir peinlich, und das will was heißen. Ich glaube, du möchtest einfach wieder zurück.»

«Ich bin doch keine Gwendola.»

«Wir sind alle auf irgendeine Weise Gwendolas.»

«So mutig bin ich nicht.»

«Mutig würde ich das nicht nennen.»

«Na ja, nicht einmal der Honigsauger hat's auf sich selbst abgesehen.»

Erinnern Sie sich noch an Robert Ruark; an *Der Honigsauger*?

Catherine gab mir dieses Buch zum Lesen, als sie meine Geschichte erfuhr oder glaubte, sie hätte meine Geschichte erfahren. Sein Bild von Frauen. Sie (wir?) sind wie der Honigsauger – sie (wir?) haben es immer nur auf das eine abgesehen. Natürlich fragte ich damals nur: «Wie bitte?»

Sie starrt in ihre Schale.

«Du weißt genau, daß ich nicht zurück will.»

«Woher soll ich das wissen?»

Sie schnuppert an ihrem Ragout.

«Wußtest du, daß ein menschlicher Biß tödlich sein kann?»

«Ja, weiß ich.»

«Das weißt du?»

«Keine Angst, mit deinem Biß bringst du ihn schon nicht um.»

«Ich kann es einfach nicht lassen.»

«Und ob du kannst, du hast, verflucht noch mal, doch eine Seele, oder? Und auch einen Willen! Und du bist, verflucht noch mal, ein menschliches Wesen, oder vielleicht nicht?»

Sie schnuppert wieder an dem Ragout und nimmt einen Löffel davon.

Sie schluckt und verzieht das Gesicht.

«Natürlich bin ich ein menschliches Wesen. Wie hast du das gemeint, als du Perversionen die Schattenseiten der Liebe nanntest?»

«Wann habe ich das gesagt?»

«Eine deiner Romanfiguren hat es gesagt.»

«Ich erinnere mich nicht mehr an alles, was meine Figuren sagen.»

«Wie hast du das gemeint? Ich habe es immer wieder gelesen und konnte nicht rauskriegen, wie es gemeint ist.»

«Dich habe ich damit gemeint, Süße. Du bist nämlich ganz schön pervers.»

Sie wirkte erschrocken. Ihre Lider wurden schwerer und dicker, ihre Augen verwandelten sich in Schlitze.

«Quatsch. Ich mache doch nur Witze, wirklich. Ehrlich gesagt, weiß ich selbst nicht, was ich gemeint habe. Ehrlich.»

Sie reibt über ihre Oberlippe, die hellbraun gebleichten Haare an den Mundwinkeln; sie reibt, als wolle sie sie wegradieren.

«Versuch's mit Epilieren», sage ich.

7

Wo wir gerade von perversen Tussis reden – es gibt da diese Frau, die Catherine kennt, diese Weiße, mit der sie zusammen auf irgendeiner Kunsthochschule oder sonstwo war. Nein, sie hat sie in einer dieser Künstlerkolonien kennengelernt. Sie nehmen da auch Schriftsteller, aber ich habe mich darum nie beworben. Sie denken, man geht dorthin und arbeitet. Ich kriege überhaupt nichts zustande, wenn ich mit andern Schriftstellern zusammen bin. Ich kann dann trinken, aber ich kann nicht schreiben. Unter den Tisch saufen kann ich mich da.

Jedenfalls lernte ich diese perverse Tussi kennen, als wir nach Toledo fuhren, Catherine hatte da eine Ausstellung im Museum und wollte auch diese Frau besuchen. Angeblich hatte sie vor ungefähr zehn Jahren auf der New Yorker Kunstszene Furore gemacht; sie wurde als weiblicher Dalí und ähnliches gefeiert – nur viel erotischer.

Wir kommen also bei ihr an, und diese Tussi lebt in einem Wohnwagen – einem verrosteten Wohnwagen – und hat eine Tochter, die wie eine kränkliche Elfe aussieht: klein, blonde Haare, spindeldürre Arme und Beine und die spitzen Ohren eines Pucks. Die Frau, die Catherine als große Schönheit bezeichnet hatte, war aus allen Nähten geplatzt, hatte strähnig herunterhängendes, spülwasserblondes Haar. Ich habe aber einmal ein altes Foto von ihr gesehen, und darauf sah sie wirklich nicht übel aus; wie ich schon sagte, gehörte sie vor zehn Jahren zu der *crème de la crème* in New York.

Komisch war jedoch, wie sie ihr Kind behandelte. Wie nannte sie es wieder? Ich will versuchen, die Szene zu beschreiben.

Zuerst scheint diese komische Tussi etwas eingeschnappt zu sein, weil Catherine nicht allein gekommen ist, sondern noch eine Unbekannte in Wanderstiefeln mitgebracht hat; sie lädt uns aber trotzdem in ihren Wohnwagen ein. Innen ist er viel größer, als man von außen annimmt; eine richtig hübsche kleine Wohnung, die sehr gemütlich aussieht und so geschmackvoll eingerichtet ist wie aus einem Prospekt der fünfziger Jahre.

Wir gehen ins Wohnzimmer. Die Kleine sitzt Popcorn kauend auf dem Boden, den Kopf hat sie gegen einen ledernen Sessel gelehnt. So ungefähr. Nein, Schokolade, das Popcorn kommt später. Sie ißt

Schokoladebonbons aus einem Plastikbeutel. Wie ein Kobold, aber ein sehr mitgenommener.

Ich gab auf jeden Fall keinen Ton von mir. Ich saß einfach nur da. Aber die Kleine starrte mich die ganze Zeit an. Ferkel? Nein. Sau? Ja. So nannte sie ihre Kleine.

«Tatum, du Sau», war das erste, was diese Frau sagte, «gib mir die Schokolade.»

Sie nahm sie, legte sie in den Kühlschrank, kam zurück und setzte sich in den Sessel; Catherine und ich saßen auf dem Sofa, die Kleine auf dem Boden zwischen den Beinen ihrer Mutter.

«Schön, dich zu sehen, Cathy. Ich war in deiner Ausstellung. Wunderbar.»

«Warum bist du nicht zur Eröffnung gekommen?»

«Ich konnte mir nicht freinehmen, man muß wirklich schuften in diesem Laden. Ich arbeite für so ein verdammtes Fuhrunternehmen.»

«Du fährst einen Lastwagen?»

«Nein.» Sie lacht. «Ich schreibe Rechnungen.»

«Mommy, ich möchte Popcorn.»

«Tatum, du Sau, du hast doch eben Schokolade gegessen.»

«Ich will Popcorn.» Tatum trommelte mit ihren kleinen, weißen Fäusten gegen die Knie ihrer Mutter. «Popcorn!»

Diese Frau heißt übrigens Gillette, ob Sie's glauben oder nicht. Als hätte man sie nach der Rasierklinge genannt.

«Da, mein Liebling.»

Sie griff in die Schublade des Tischs neben dem Sessel und holte eine Zellophantüte mit Popcorn heraus. Die warf sie ihr zu. «Sau.»

Dann stellte sie die Kleine vor.

«Das hier ist Sister, meine Tochter.»

Sie hielt das Kind am Nacken fest und zog an ihrem Haar. Es hatte mandelförmige, grüne Augen. Beinahe japanische Augen, nur war sie so weiß wie Zahnpasta. Ich hielt mich zurück, aber Catherine legte gleich los.

«Ich dachte, ich würde dir in New York wiederbegegnen, aber dann erzählte mir jemand, daß du hier lebst», sagte Catherine.

«Ab und zu fahre ich schon noch zu Eröffnungen nach New York. Aber ich arbeite nicht mehr so hektisch wie früher.»

«Das war aber eine sehr kreative Hektik», rief Catherine.

«Vielleicht, ich fühlte mich nur so getrieben ... getrieben ist vielleicht nicht das richtige Wort. Besessen. Ich mußte einfach alles aus mir herausschleudern.»

«Tolle Sachen waren das», meinte Catherine zu mir.

Ich starrte auf die weißen Schenkel der Frau, die über das braune Leder des Stuhls flossen. Sie trug superkurze Shorts. Ich spürte das Leder an meinen eigenen Schenkeln kleben und auch das Brennen beim Aufstehen.

«Ich muß für das Kind sorgen, weißt du; es bleibt mir aber immer noch etwas Zeit zum Malen. Allerdings nicht zu vergleichen mit früher.»

«Ich male auch», sagte die Kleine.

«Ich habe sie mit Wasserfarben anfangen lassen. Ja, sie ist sehr gut. Besser als ich in ihrem Alter. Kann ich ihnen ein Bild von dir zeigen?»

Tatum verdreht die Augen zur Decke. «Nö.»

«Sie ist wahrhaftig ganz anders als ich in ihrem Alter», sagte Gillette. «Ich schnappte mir jeden Besuch und zeigte ihm meine Sachen, und dabei war ich bei weitem nicht so gut wie sie. Wenn ich ganz ehrlich bin, war ich überhaupt nicht gut, aber alle tätschelten mir den Kopf und sagten: ‹Wie hübsch!› Ich konnte nicht malen, hielt mich aber für sehr talentiert. Ich weiß nicht, ob Tatum das auch von sich denkt; bei ihr weiß man sowieso nie, was sie denkt.» Sie starrte Tatum eine Minute lang an, aber ihre Gedanken ließen sich nicht lesen. «Statt Zitronenwasser zu verkaufen, stellte ich mich mit meinen Bildern auf die Straße und tat so, als wäre ich auf dem Montmartre oder auf dem Boulevard St. Germain. Ich war die niedliche Kleine, die alle mochten. Und ich hielt mich für sehr begabt, weil die Leute zu mir kamen und mir meine kleinen Bilder abkauften. Bis auf jenen gräßlichen Mann, der etwas ganz Schlimmes zu mir sagte. Er sagte: ‹Du bist zwar ein interessantes kleines Mädchen, aber deine Bilder sind nicht sehr gut. Die Leute kaufen sie nur, weil du ein interessantes kleines Mädchen bist.› Er sagte entweder ‹interessant› oder ‹nett› oder ‹hübsch›, eines dieser nichtssagenden Adjektive. Ich fand seine Bemerkung auf jeden Fall ganz schlimm. Das war sie natürlich nicht, hätte er das nämlich nicht gesagt, wäre ich nie besser geworden. Ich machte mich daraufhin an die Arbeit. Ich wollte einfach alles lernen, jede Technik.»

«Jede.» So Tatum.

«Kann ich ihnen nicht wenigstens ein einziges kleines Aquarell zeigen?»

«Nö.»

«Sie ist ganz anders als ich in ihrem Alter.»

Gillette trug ein weißes T-shirt ohne Büstenhalter und sehr kurze, abgeschnittene Jeans. Die Kleine hatte einen Cowboyhut auf, und ihre Stirn war mit kleinen, roten Pickeln übersät, für die sie eigentlich noch viel zu jung war, aber das kam wahrscheinlich von den Bonbons und dem fettigen Popcorn. Sie schien ungefähr sieben Jahre alt zu sein.

«Sie ist toll, nicht?» oder: «Was hältst du von Gillette?» wird Catherine mich später im Flugzeug fragen.

«Nicht viel», werde ich antworten, oder vielleicht versuche ich auch nett zu sein und sage: «Ja, sie ist wirklich ungewöhnlich.»

«Es ist geräumiger hier drinnen, als ich dachte», sagte Catherine. «Ich meine, als man von außen annimmt.»

«Ja, das stimmt. Man hat genug Platz. Aber meine Bilder kriege ich hier nicht unter. Eine Bekannte hat mir dafür ihren Keller zur Verfügung gestellt.»

«Sie gehören aber nicht in einen Keller!» rief Catherine.

«Oh, du solltest den Kram mal sehen, den ich jetzt so mache. Du würdest dich wundern ... Ich wette, du hättest auch nicht damit gerechnet, daß ich mich *fortpflanze*, wo ich mich damals immer als einsame Wölfin ausgegeben habe, die nur für ihre Kunst lebt.»

«Was hast du gemacht?» fragte die Kleine.

«Dich», antwortete Gillette.

«Ich bin fortgepflanzt ... Ich möchte Erdnüsse.»

«Du hast dein Popcorn.»

Die Kleine gibt ihr das Popcorn. «Wo sind meine Erdnüsse?»

Gillette greift wieder in die Schublade des Beistelltisches, legt die Popcorntüte hinein und holt einen Zellophanbeutel mit Erdnüssen heraus. «Du kleine Sau, wie sagt man?»

«Danke.» Sie fing an, sich die Erdnüsse in den Mund zu stopfen.

Gillette zwickte sie in die Schulter. «Tatum, nicht alle auf einmal. Und kau nicht mit offenem Mund. Du Sau. So ißt keine Dame. Nimm immer nur eine. Iß, wie sich's gehört.»

Tatum kaute mit offenem Mund weiter.

«Sie hat ihr Spieläffchen verloren, und seitdem ist sie einfach unmöglich.»

«Ich hab es nicht verloren, du hast es weggeschmissen», sagte die Kleine.

«Du hast es verloren. Als wir umzogen. Du warst verantwortlich für den Verbleib deiner Sachen, das weißt du genau.»

«Du hast es weggeschmissen.» Ein paar Erdnußsplitter fielen aus ihrem schmollenden Mund.

«Sprich nicht mit vollem Mund, das tut man nicht.»

Tatum mampfte weiter, dann schüttelte sie die leere Tüte.

«Das war's», sagte Gillette, schnappte sich die Kleine, setzte sie sich auf den Schoß und drückte Tatums Kopf gegen ihre Brust.

«Ich möchte Erdnüsse», sagte Tatum und zog ihren Kopf weg. «Du stinkst.»

Gillette sah verlegen drein, legte ihre Handfläche gegen Tatums Wange und schob ihren Kopf wieder gegen ihre Brust.

«Ich möchte Erdnüsse.» Tatum schüttelte den Kopf, rümpfte die Nase und wandte sich ab.

«Du Sau, du hast sie aufgegessen, es gibt keine mehr. Entschuldigt, möchtet ihr beiden ein Bier oder sonst was? Außer Bier hab ich nichts im Haus.»

«Nein, danke», sagte Catherine.

«Ich nehme eins», sagte ich.

Sie setzte Tatum ab, ging zum Kühlschrank und kam mit einer Dose Blatz zurück.

«Ach, möchtest du ein Glas?» fragte sie.

«Nein, laß nur.»

«Warum hast du das Äffchen weggeschmissen?» fragte Tatum, als Gillette sich wieder hinsetzte.

«Ich hab dein Äffchen nicht weggeschmissen, Sister. Auf jeden Fall warst du dafür verantwortlich. Ich kann mich nicht um meinen und deinen Kram kümmern.»

«Wohl. Wohl hast du es weggeschmissen.»

Gillette legte Tatum die Hand über den Mund.

«Kinder – seht ihr nun, was das heißt?» sagte sie. «Hältst du nun den Mund, Sister?»

Tatum nickte.

Gillette nahm ihre Hand weg. «Sag ja.»

«Ja», sagte Tatum.

Gillette atmete tief ein und blies Tatum die Luft ins Gesicht.

Tatum kicherte, dann hielt sie sich die Nase zu.

8

Als Siebenjährige versuchte ich einmal, etwas von dem Kommunionsteller zu klauen. Meine Mutter stieß meine Hand weg, ohne mir zu erklären, warum. Ich hatte eine uralte Frau Wein trinken und Kräcker essen gesehen, und ich wollte auch mal probieren. Als ich später zu den Toiletten hinunterging, stand dieses ziemlich stämmige Mädchen vor der Tür; sie hatte die Hände in die Hüften gestemmt und sah aus, als wolle sie das Klo bewachen.

«Hat dir nie einer gesagt, daß du nur zur Kommunion gehen darfst, wenn du bereit bist?»

«Doch», log ich. «Und ich weiß auch, was ‹banal› bedeutet.»

Ich fügte das immer hinzu, wenn mich jemand nach meinem Alter oder nach meinen Kenntnissen fragte. «Banal» oder irgendein anderes neues Wort, das ich aufgeschnappt hatte.

«Warum hast du dann die Hand auf dem Teller gehabt? Du bist nicht bereit.»

«Mindestens so wie diese alte Frau.»

«Nein, die ist viel zu alt, um etwas Schlechtes zu tun. Und du fängst gerade damit an.»

«Laß mich aufs Klo.»

«Schau dich doch an, du Winzling, und du denkst, du bist bereit.»

«Niemand kann mir verbieten, aufs Klo zu gehen.»

«Du denkst wohl, dir kann man überhaupt nichts verbieten. Schau dich doch an.»

«Laß mich aufs Klo. Ich kann pinkeln, wann ich will.»

Schließlich ließ sie mich durch. Als ich an ihr vorbeischlüpfte, zischte sie: «Banal? Ich könnte wetten, du kennst nicht einmal den Unterschied zwischen *bereit* und *bereit*.»

9

Gillette kam ins Zimmer zurück. Sie hatte ihr Haar zu einem Pferdeschwanz zusammengebunden. Hohe, kräftige Backenknochen mit etwas Rouge darauf. Ihr rundes Kinn so kindlich wie das von Tatum. Ihre Nase sah gepudert aus, aber sonst glänzte ihr Gesicht, als käme sie gerade aus einem Dampfbad. «Seid ihr soweit?»

Wir gingen zu *Hardies* und aßen Roastbeef-Sandwiches, Gillette und Tatum saßen mir und Catherine gegenüber.

«Schmeckt's dir, Sister?» fragte Gillette.

«Ja», sagte Tatum.

Gillette wischte Tatum Ketchup aus den Mundwinkeln.

«Nimm kleine Bissen», mahnte sie.

Tatum kaute mit offenem Mund und schmatzte – ihre kleine Form von Rebellion.

«Da seht ihr's wieder», sagte Gillette.

Catherine nickte. Gillette sah kurz mich an und biß dann in ihr Roastbeef. Das Fleisch war zäh und blieb mir zwischen den Schneidezähnen hängen.

«Aber du hast dich verheiratet. Ich sehe gerade deinen Ring», sagte sie zu Catherine.

«Ja.»

«Ist dein Mann nett?»

«Ja, sehr nett.»

«Das will ich hoffen.»

Ich fuhr mit der Zunge über meine Schneidezähne, aber das Roastbeef ließ sich nicht entfernen.

Gillette schob eine Haarsträhne hinters Ohr und kratzte sich am Kinn. Ihre Nasenflügel blähten sich ein wenig.

«Ich habe eine Besprechung einer deiner Ausstellungen gelesen, über die in Montreal. Du hast es wirklich geschafft, Mädchen. Was ich hier gesehen habe, gefiel mir sehr gut. Du mußt viel *Zeit* haben, darum beneide ich dich. Mehr als um deinen Mann. Meine Ehe hat nicht gehalten, wie du siehst. Der Umzug, von dem ich sprach, war eigentlich unser Auszug.»

«Unser Auszug», wiederholte Tatum.

«Ich hab auch nicht mehr soviel Zeit wie damals in der Kolonie», sagte Catherine.

«Niemand hat mehr soviel Zeit.» Gillette runzelte die Stirn und zog die Schultern in die Höhe, bis sie beinahe ihre Ohren berührten. «Ich denke nicht gern an die gute alte Zeit zurück. Sie war zu gut, findest du nicht?»

Gillette ließ ihr Kinn auf den Kragen fallen. Es verdoppelte sich. Als sie den Kopf hob, verschwand das eine wieder.

Ich säuberte meine Zähne mit dem Nagel meines kleinen Fingers. Die Kleine beobachtete mich grinsend. Ihr Kinn war mit Sauce gesprenkelt.

Gillette sah sich im Lokal um, blickte auf mich, schluckte, betupfte Tatums Kinn mit ihrer Serviette. Tatum rutschte weg, nahm ihre eigene Serviette.

«Irgendwie geht es einem nicht in den Kopf, daß inzwischen unsere Generation schrottreif ist. Neulich habe ich einen Babysitter für Tatum engagiert und bin in einen Club gegangen. Ich war seit ewigen Zeiten nicht mehr in einem Club. Alle waren so *jung*, so unglaublich *jung*. Ich war richtig fehl am Platz. Aber sie waren *wir*, sie waren wirklich *wir.*» Sie ließ Catherine nicht aus den Augen. Catherine beobachtete Tatum. «Ich konnte mir vorstellen, daß sie *wir* sind. Aber keiner von ihnen könnte sich vorstellen, daß sie *ich* sein könnten. Versteht ihr, was ich meine? Ich wollte nicht mal tanzen. Die Musik war zu schnell. Es ist immer noch Rock, aber rasend schnell. Oder vielleicht bin auch nur ich langsamer geworden.» Ein kurzes Lachen. «Sie könnten sich nie vorstellen, daß sie einmal ich sein werden.»

«Ich schon», sagte Tatum.

«Tatum, du weißt doch nicht mal, wovon ich rede.»

Tatum schmollte, dann sang sie, den Mund voller Roastbeef, wie Billy Joel: «*It's still rockinroll to me.*»

Gillette brachte Tatum ins Bett, und wir, die Erwachsenen, gingen zurück in die Küche. Als Catherine und ich uns an den Tisch setzten, griff Gillette hinter den Kühlschrank und holte eine Leinwand und ein paar Latten hervor. Sie schraubte aus den Latten eine Staffelei zusammen, stellte die Leinwand darauf und fing an zu arbeiten. Ihre Farben lagen oben auf dem Kühlschrank.

«Ich hoffe, ihr habt nichts dagegen», sagte sie, «aber das ist die einzige Zeit, in der ich malen kann.»

«Keine Sorge, wir verstehen das», sagte Catherine. «Außerdem tut es gut, dir mal wieder zuzuschauen. Wie damals in der Kolonie.»

«Hmm, ich erinnere mich nicht gern an die Zeit», sagte Gillette.

Sie setzte ein paar leichte Pinselstriche auf die Leinwand, ein halbfertiges Bild. Zwei Augen schienen hinter Bäumen hervorzuspähen, die offenbar dem breiten Rücken einer Frau entwuchsen. Nur sah dieser Frauenrücken zugleich wie ihre Möse aus und einer der Bäume wie der Penis eines Mannes; die Baumkronen bildeten die Hoden.

«Toll», sagte Catherine.

«Oh, früher fiel mir alles sehr leicht», sagte Gillette, «jetzt muß ich mich so bemühen ... ah, kann eine von euch die Schüssel mit Pilzen aus dem Kühlschrank holen – die, auf der ‹Nein› steht?»

Catherine holte sie heraus. «Hast du das für uns aufgehoben? Etwas zum Knabbern, während du arbeitest?»

«Nein», rief Gillette, «damit male ich – das soll nur Tatum abschrecken. Sie ißt alles, was ihr unter die Finger kommt. Sie ergeben eine hübsche Struktur, deshalb benutze ich sie manchmal statt Pinsel. Sie sind übrigens giftig ... sie heißen Amaniten oder so ähnlich. Jemand hat mir mal die wissenschaftliche Bezeichnung dafür genannt, aber ich hab's wieder vergessen. In der Umgangssprache heißen sie jedenfalls ‹Todesengel›.»

Sie gab einen Laut von sich, den ich nicht beschreiben kann – ein Mittelding zwischen einem Seufzer und einem Wiehern. «Im Grunde war es Tatum, die mich darauf brachte. Ich meine, von der die *Idee* stammt. Als sie noch ganz klein war und ihren ersten Wasserfarbenkasten kriegte, nahm sie einfach alles. Nicht nur den Pinsel oder ihre Finger. Sie schnappte sich einfach irgend etwas und malte damit. Ich mußte die ganze Zeit auf sie aufpassen. Alles, was man sich nur denken konnte. Es kam mir so ursprünglich und so einleuchtend vor – daß sich alles zum Malen verwenden läßt. Und als ihr Vater und ich einmal mit dem Zelt unterwegs waren, sammelte ich mir eine Handvoll Pilze und dachte, warum nicht? Es malt sich wirklich wunderbar damit. Ihr Vater hat mir dann auch gesagt, wie sie heißen. Er dachte, ich wäre so verrückt und würde sie für eine Suppe verwenden. Für mich sehen alle Pilze gleich aus, aber als erstes bekommt man beigebracht, daß manche giftig sind und daß man nicht einfach wahllos welche sammeln kann. Ich wäre gar nicht auf die Idee gekommen, etwas anderes als einen Pinsel zu benutzen, ich habe das nur meinem Baby zu verdanken. Als ich ihm erzählte, was ich damit vorhatte, schaute er mich an, als wäre ich noch im Kindergarten. Das ist sein Verhältnis zur Kunst. Anödend. Eine Künstlerin sollte einen Künstler heiraten, aber das kann auch anöden. Was soll man machen? Wenn mir ein Gauguin begegnet wäre, hätte ich mich wie eine Laus gefühlt. Also habe ich Tatum genommen und bin gegangen. Aber was springt für mich dabei heraus? Das Schaukelpferd?»

Catherine reichte Gillette die Schale mit den Todesengeln, und Gillette stellte sie auf einen hohen Stuhl, der einmal Tatum gehört haben mußte, als sie noch kleiner war, und fing an zu malen – drehte einen Pilz nach dem andern wie einen Rasierpinsel in einer Farbschale und trug dann die Farbe auf: die Pilze waren nicht sehr widerstandsfähig und brachen nach ein paar Strichen; sie warf den unbrauchbar gewordenen in den Müll und nahm einen neuen. Obwohl die Pilze nicht viel aushielten, ließ sich doch an manchen Stellen mit ihnen eine dichtere, plastischere Oberfläche erzielen als mit gewöhnlichen Pinseln; an andern Stellen entstanden feinere, zartere Strukturen – wie hingehaucht, als hätte sie kaum die Leinwand berührt.

«Das ist ja toll», rief Catherine begeistert.

«Danke, aber ich wünschte, ich würde mich *weiterentwickeln*, ich hab keine Zeit, mich zu entwickeln ... Ach, auf dem Tisch steht eine Schachtel Nachos, wenn ihr was zum Knabbern wollt ... oder wollt ihr lieber etwas anderes, Rosinen vielleicht?»

«Nein, ich mag Nachos. Wenn es dich nicht stört?»

«Nein. Ich könnte während eines Bombenangriffs malen. Ich kenne eine Frau, die das wirklich getan hat.»

Catherine schnappte sich die Schachtel. Ich schüttelte den Kopf, als sie mich fragte, ob ich welche wolle.

«Ich weiß noch, früher bedeutete einfach jeder, mit dem ich zu tun hatte, nur Ärger und Verdruß für mich. Mehr als nur Ärger, eine Ungeheuerlichkeit. So besessen war ich von meiner Arbeit. Eher hätte ich jemand umgebracht, als mir von ihm dreinreden zu lassen.» Sie warf mir einen kurzen Blick zu. «Mein Motto war: Töte nie deine Arbeit wegen eines Mannes oder eines Kindes – töte erst sie!» Sie lachte auf. «Cathy erinnert sich bestimmt noch.»

«Ja», nickte Catherine. «Ich weiß, was du damit meinst.»

«Nein, das weißt du nicht.» Gillette warf einen abgebrochenen Pilz in den Müll und suchte einen neuen heraus. «Du bist zu lieb. Du würdest keinen für deine Kunst töten, du würdest eher dich selbst umbringen lassen.»

Gillette schaute mich wieder an.

«Nein, das würde ich nicht», murmelte Catherine.

Sie schnüffelte an einem Nacho und schob es sich in den Mund. Sie sah schläfrig aus.

«Ich war eine richtige Hyäne damals», meinte Gillette sanft. «Ich dachte, man müßte eine Hyäne sein, wenn man wirklich Kunst schaffen will. Wenn Picasso eine Frau gewesen wäre, hätte man ihn auch eine Hyäne genannt. Eine Frau ist schon eine Hyäne, wenn sie sich für Dinge entscheidet, die ein Mann tut, ohne nachzudenken.»

Sie zuckte die Achseln. «Gauguin.» Sie lachte. «Näher konnten wir an Tahiti nicht rankommen … Aber ich war wirklich eine Hyäne.»

«Du warst keine Hyäne», sagte Catherine knabbernd. «Du warst immer sehr nett zu mir.»

Gillette sah sie an, wie man ein Kind ansieht.

«Ihr beiden könnt euch jederzeit schlafen legen. Ich mache die halbe Nacht an diesem Scheißkram herum!»

10

«Übrigens, was machst du denn im Augenblick?» fragt Gillette beim Frühstück. Tatum steckt ihre Finger in ihr Müsli, als wolle sie damit malen.

«Ich improvisiere», sagt Catherine. «Assemblagen aus Fundstükken, diese Richtung.»

«Klingt interessant», findet Gillette und kaut an ihrem Rosinenbrötchen. Dann sagt sie: «Dann hast du dich verändert, Cathy. Ich meine, deine Arbeiten wirkten immer so durchdacht. Ich weiß nicht, warum ich ‹durchdacht› sage. Durchdacht und Kunst passen schlecht zusammen. Gut zu wissen, daß du freier geworden bist. Man kann gar nicht frei genug werden … iß dein Müsli, Baby.»

11

Gillette blickte mir zum erstenmal direkt in die Augen. Sie hatte offenbar gewartet, bis wir auf dem Flughafen standen und drauf und dran waren, ins Flugzeug zu steigen, bevor sie mich genauer in Augenschein nahm. «Und du malst auch?» fragte sie.

«Nein, sie schreibt», sagte Catherine. «Du hast sicher schon etwas von Amanda Wordlaw gelesen. Ganz schön harte Sachen schreibt sie.»

«Leider nein.» Gillette starrte mich an. «Das bißchen Zeit, das mir bleibt, investiere ich eben in meine eigene Arbeit. Ich hab in den letzten Jahren kaum etwas gelesen – von niemand. Aber bei Gelegenheit versuche ich mal, mir etwas von dir zu beschaffen.»

«Es wird dir gefallen. Sie schreibt wie du malst», sagte Catherine.

Gillette runzelte kurz die Stirn, dann machte sie eine amüsierte Miene.

«War jedenfalls gut, dich kennenzulernen», meinte sie knapp.

Ich nickte.

«Du kannst jederzeit wieder vorbeikommen», fügte sie plötzlich hinzu. «Wenn du in der Gegend bist. Ich meine, auch ohne Catherine.»

«Gut», sagte ich.

«Bis dann», sagte sie zu Catherine. «Ich bin natürlich immer begeistert, wenn ich dich sehe.»

Sie umarmten sich und tauschten Küßchen. Catherine küßte Tatum.

Ich sagte zu beiden «Auf Wiedersehen», und Catherine und ich stiegen ins Flugzeug.

«Sie ist toll, findest du nicht auch?» sagte Catherine, als wir auf unseren Plätzen saßen.

«Sie ist in Ordnung», sagte ich.

Catherine schmollte. «Jedenfalls mag sie dich.»

«Wie kommst du darauf? Wir haben kaum ein Wort gewechselt.»

«Du mußt immer stumm sein wie ein Fisch», flüsterte sie und lehnte sich zurück. «Stimmt's?»

«Nicht immer», flüsterte ich zurück und näherte mich ihrem Ohr. «Manchmal auch wie eine Angel.»

Als das Flugzeug abhob, kicherten wir beide.

12

«Was machst du?»

«Ich wasche ab», sage ich.

«Komm rein und leiste mir Gesellschaft.»

«Nein, laß mich das fertigmachen.»

«Komm rein und leiste mir Gesellschaft», wiederholt sie.

Ich folge ihr ins Wohnzimmer. Wir sitzen uns in den geflochtenen Thronsesseln gegenüber, sprechen aber nicht miteinander. Sie ißt getrocknete Ananas aus einem Plastikbeutel, getrocknete Stückchen, die wie Gummi aussehen.

«Möchtest du auch?»

«Nein. Ich bin noch satt vom Abendessen.»

«Amanda, immer gehst du wieder.»

«Ich kann nicht ewig hier herumsitzen, Catherine. Ich habe auch ein Leben, weißt du.»

«Ja, aber du sprichst nie darüber.» Sie wartet ab. «Das ist ein Wink mit dem Zaunpfahl, mein Herzblatt.»

Ich greife in meine Tasche und hole die Aspirinflasche heraus. Ich schraube den Verschluß ab, fische unter der Watte nach einer Pille und nehme sie heraus. Auf Wasser verzichte ich inzwischen. Ich kaue und schlucke Aspirin wie Bonbons.

«Diese Scheißpillen», sagt sie.

«Was?»

«Diese Scheißpillen, die du da schluckst. Warum brauchen alle ihre Droge, mit der sie sich zu ruinieren versuchen?» fragt sie. «Das sieht so harmlos aus, aber selbst zuviel Aspirin kann gefährlich werden. Willst du Magengeschwüre bekommen oder was?»

Wir kennen uns da aus, weil Ernest einen Artikel darüber geschrieben und mir auch eine Kopie geschickt hat – *Die Gefahren rezeptfreier Pharmazeutika* –, ein Artikel, der ein ganzes Kapitel über Aspirin enthielt, das er verfaßt hatte.

«Möchtest du Azidose kriegen?»

«Und was ist deine Droge?» frage ich, während ich die Aspirinflasche wieder zuschraube und in meine Tasche stecke. Wenn ich sie nicht nehme, bekomme ich Kopfschmerzen und Brechreiz.

Entzugserscheinungen.

Ihre schilfgrünen Augen. Eine Frau mit brauner Haut und grünen

Augen, wer hat das schon mal gesehen? Es sieht wahnsinnig aus. Sie mag nicht antworten.

«Und Ernest, hat er auch eine Droge?» frage ich, weil ich die Antwort darauf schon kenne.

«Er hat nur eine.»

«Welche?»

«Mich.»

Auf der Terrasse reibt Catherine mir Rücken und Schultern mit Olivenöl ein. Wir haben gerade gefrühstückt; Ernest sitzt mit uns am Tisch und liest eine spanische Zeitung.

Ich habe einen Krokodilsrücken. Wenn ich ihn nicht jeden Morgen einöle, schuppt er sich. In manchen Kulturen und Epochen wäre ich heilig gewesen. Sie hätten mich die «Krokodilsfrau» genannt. Ich hätte den Rücken der Krokodilgöttin besessen. Aber in unserm Zeitalter ist es einfach nur lästig. Und die Ärzte können als Ursache nur die «Nerven» vermuten: Unser Zeitalter hat keinen Draht mehr zu Übernatürlichem. Es ist ganz schlicht und einfach eine Krankheit. Eine geistige?

«Was ist eigentlich das?»

Catherine zeigt auf die Kette um meinen Hals.

«Krokodilszähne», antworte ich. «Jemand hat sie mir geschenkt, als ich in Madagaskar war. Sie bringen Glück. Zumindest glaubte man das früher.» Ich lache. «Mit Krokodilszähnen bewaffnet zogen sie in den Kampf und glaubten fest an ihren Sieg.»

Sie kratzt eine der Schuppen herunter und ölt die Haut ein.

«Erzähl uns von deinem madegassischen Liebhaber», sagt sie.

Ernest blickt von seiner Zeitung auf. Seine Stirn schimmert in der Sonne.

«Erzähl ihr nichts», sagt er. «Es geht nur dich was an.»

Catherine wirft die Olivenölflasche nach ihm. Er duckt sich. Sie zerspringt auf dem Beton.

Ich stehe auf und hole einen Besen und eine Schaufel. Catherine steht neben mir und schaut mir beim Fegen zu. Ich beeile mich, damit sie nicht noch auf den Gedanken kommt, sich eine Scherbe zu schnappen. Ich nehme mir vor, in Zukunft mein Öl in eine Plastikflasche zu füllen. Manche Splitter sind nicht größer als zerstoßenes Eis.

Ernest steht an der Brüstung. Er hat sich noch eine Tasse Kaffee eingeschenkt und trinkt gelassen. Er streicht sich das Haar aus der Stirn. Graue Strähnen, die sich mit ockerfarbenen und schwarzen vermischen. Ein Vormittag wie jeder andere, versucht sein Blick auszustrahlen.

Catherines Blick strahlt etwas ganz anderes aus. Sie starrt auf das Glas wie die sprichwörtliche Schlange auf ihren Beschwörer, mit Smaragden als Augen.

In der Küche wickle ich das Glas sorgfältig in eine braune Papiertüte und verstaue sie zuallerunterst im Mülleimer.

Als ich auf die Terrasse zurückkomme, sitzt Catherine allein am Frühstückstisch.

«Wohin ist Ernest verschwunden?»

«Zum Meer, um eine Runde zu schwimmen», sagt sie ungerührt.

«Ich frage mich nur, wann er endlich von dir die Nase voll hat», rutscht es mir heraus. Heute werde ich sie einmal nicht mit Samthandschuhen anfassen.

Zuerst wirft sie mir einen ihrer «Was soll denn das?»-Blicke zu, dann schenkt sie mir jenes Lächeln, das wir ihr Filmstarlächeln nennen, strahlend und völlig leer.

«Er wird nie die Nase voll haben von mir», sagt sie langsam und starrt über meine Schulter. Ich würde mich gerne umdrehen, um zu sehen, ob sie ihren Text von einem Bildschirm abliest, aber ich lasse sie nicht aus den Augen.

«Genau wie ich, ich kriege auch nicht die Nase von ihm voll. Aber du, du kleines, geiles Luder, du kannst dir überhaupt nicht vorstellen, daß man einen Mann nicht sattkriegen kann. Erzähl mir von deinen Liebhabern.»

«Ich glaube, ich gehe auch schwimmen.»

«Aber es bleibt beim Schwimmen, meine Süße.»

Sie fixiert mich. Von dem Filmstar ist nichts übriggeblieben. Nun ist sie die Hexe aus einem Comic. Die böse Hexe aus dem *Zauberer von Oz*.

«Ich werd's mir überlegen. Aber du weißt ja, wie wir kleinen, geilen Luder so sind.»

Sie blickt sich nach einem Gegenstand um, den sie nach mir werfen kann, findet aber nichts und setzt sich wieder. Sie läßt ihr Löwenhaupt nach hinten fallen und sich die Sonne aufs Gesicht scheinen. Ihre Stirn schimmert nicht, sie glüht.

13

Ernest ist nicht im Wasser. Er hat immer noch Straßenkleidung an und sitzt einfach nur im Sand, die Arme um die Knie geschlungen, in der Stellung, die ich meine Steinkatzenstellung nenne – ich bin nämlich einmal in einem Museum auf eine Katze gestoßen, die ein ägyptischer Bildhauer gemeißelt hatte und die genauso aussah wie ich.

Ich sagte nichts. Ich setzte mich einfach nur neben ihn und wurde ebenfalls zu einer Katze aus Stein. Er wandte sich nicht nach mir um, aber er schien trotzdem zu wissen, wer neben ihm saß.

Wir starrten aufs Meer, den Himmel, die Badenden und die kleinen Boote. Man hatte den Eindruck, sich mitten in einer Postkarte zu befinden.

«Du bringst Catherine immer an solche Postkartenplätze», bemerkte ich.

«So?»

«Das hier sieht doch genau wie eine Postkarte aus, oder? Als säßen wir in einer Postkarte.»

«Ja», murmelte er.

«Ein Himmel, so blau wie das Blut der Königskrabbe. Das klingt schrecklich, nicht? Es stammt aber aus einem deiner Artikel.»

«Wirklich?»

«Aus diesem Artikel über Meerestiere. Du wolltest beschreiben, wie blau das Blut der Königskrabbe ist.»

«In Wirklichkeit ist es noch blauer», sagte er.

«Und du, du siehst wohl so schwarz, wie der Himmel blau ist?»

Er warf mir einen Blick zu. «Gehen wir ein bißchen spazieren.»

Wir verließen den Strand und bogen in einen der Eselspfade ein.

«Ich wußte nicht, daß du meine Artikel liest», sagte er.

«Catherine schneidet sie immer aus und schickt sie mir.»

«So?»

«Du hast mir nur den einen geschickt, von dem du dachtest, ich könne etwas daraus lernen; sie schickt aber immer alle. Sie ist sehr stolz auf dich, weißt du das?»

Er zog eine Grimasse, lächelte, sagte aber nichts. Wir drückten uns gegen eine Hausmauer, um ein Auto vorbeizulassen. Ich stand mit einwärts gekehrten Zehen da.

Steile Steinstufen führten zu einem Vorsprung, einer Art natürlicher Terrasse, von der aus man den Strand sehen konnte. Wir setzten uns. Er strich über seine Unterlippe.

«Ich habe selbst jede Menge Fragen an dich», sagte er leise.

«Schieß los», sagte ich.

Er warf den Kopf zurück und stieß ein langes, schwelgerisches Lachen aus. «Nicht auf eine solche Aufforderung hin. Dann nicht.»

Ich verfolgte ein safranfarbenes Segelboot, danach ein anderes, das aussah, als hätte man es mit Sand gescheuert.

«Ich glaube, ich gehe allmählich zurück», sagte ich.

«Hast du Lust, irgendwo etwas zu trinken?»

«Nein, ich glaube nicht.»

Er stand auf. Ich saß immer noch mit dem Rücken gegen den Felsen gelehnt. Er seufzte durch die Zähne.

«Ich möchte lieber nicht beschwipst zurückkommen. Catherine ist wieder in Oz mit mir.»

Wenn wir sagten, Catherine sei in Oz, so bedeutete das, daß sie sich wie die böse Hexe benahm.

«Catherine ist immer in Oz», sagte er.

Ich erhob mich.

«Aber du bist wenigstens nie lange mit ihr in Oz», sagte er. «Du hast die kleinen roten Schuhe.»

Er sah aus, als wünschte er sich auch welche.

14

Ich habe Catherine auf einem Künstlerkongress kennengelernt – keinem für Schriftsteller, sondern einem für Bildhauer, Maler, Weber, Kerzenmacher. Ich übernachtete in einem Hotel in Detroit, weil ein paar Leute von der Wayne State University mich eingeladen hatten, aus meinen Romanen zu lesen. Als ich von der Lesung ins Hotel zurückkam, schlenderte ich die Treppe hoch und stieß auf ein paar Leute hinter einem Tisch voller Flugblätter und Anmeldeformulare. Ich fragte, was da im Gang sei. Ein Künstlerkongreß, sagten sie und fragten, ob ich teilnehmen wolle; ich gab ihnen 15 Dollar (da man mit der Eintrittskarte soviel Alkoholisches trinken konnte, wie man wollte), und ging in den Kongreß-Saal, in dem Catherine vorne am Pult stand und über Licht und Oberflächen sprach. Und wie sie bei ihren Skulpturen das Licht einsetze wie ein Maler.

Als sie ihren Vortrag beendet hatte, ging ich nach vorn und flüsterte ihr zu:

«Sie sind anscheinend eine gute Frau.»

Überrascht starrte sie mich aus immergrünen Augen an. Dann lachte sie. Erwartet hatte sie wohl so etwas wie «Ihr Vortrag gefiel mir» oder «Ich bewundere Ihr Werk». (Ich kannte damals ihr Werk noch nicht.)

Als sie sich von ihrer Überraschung erholt hatte, sagte sie: «Sie müssen meinen Mann kennenlernen.»

Sie nahm mich am Arm und ließ die andern, die mit ihr sprechen wollten oder zu ihren Fans gehörten, einfach stehen und führte mich nach hinten, wo Ernest gegen die Wand gelehnt stand, mit verschränkten Armen und einem Glitzern in den Augen.

Als wir näher kamen, betrachtete er Catherine mit Beschützermiene und mich mit durchdringendem Adlerblick.

Catherine stellte uns einander vor. Er schüttelte mir die Hand.

«Können wir sie mit zu uns nehmen?» fragte sie.

«Wenn du willst, Babe», sagte er.

Wir lachten, als würden wir uns schon seit Jahrzehnten kennen, und ich zwängte mich auf den Rücksitz ihres Peugeot.

«Sie sind nicht verheiratet?»

«Nein, geschieden.»

«Prima.»
«Warum prima?»
«Weil Sie dann jede Menge Zeit für uns haben.»

15

«Rauchst du?» fragt Catherine.
«Nein.»
«Ich meine nicht Tabak», sagt sie spitzbübisch grinsend.
«Das auch nicht.»
«Was tust du gern? Ich wette, du vögelst gern», sagt Catherine. «Schau nur, wie rot sie wird. Ich hab sie durchschaut!»
«Catherine macht mal wieder Spaß», sagt Ernest; er nimmt mir meinen Mantel ab und geht in die Küche, um uns Drinks zu holen.
«Wie gefällt es Ihnen in Detroit?» fragt Ernest, als wir auf dem türkisfarbenen Ledersofa sitzen.
(Vor Gelb ist Türkis Catherines Lieblingsfarbe gewesen.)
Catherine sitzt auf einem braunen Kissen mitten im Raum; sie hat die Hände auf die Knie gelegt und schaut mich an, als säße sie im Kino.
«Bisher recht gut, aber ich habe noch nicht viel gesehen. Ich bin ziemlich verspätet angekommen, und sie haben mich auf dem schnellsten Weg zum Campus gefahren.»
«Nun, wenn Sie mehr gesehen haben, würde es mich interessieren, wie sie Ihnen gefällt, die ...»
Ernest nippt an seinem Chablis.
«Mord-Metropole, wollte er sagen», ergänzt Catherine.
«Was?»
«Ein Witz für Eingeweihte», erklärt Catherine.
«Aha.»
«Wir werden uns um dich kümmern, solange du in der Stadt bist», sagt Catherine strahlend. «Du kannst bei uns wohnen. Zieh aus dem fürchterlichen Hotel aus.»
«Ich wollte nicht länger bleiben. Aber ein paar Tage ...»
«Wir würden dich gern zu uns einladen, nicht, Ernie?»
«Aber sicher.»

16

Sie hatten meine Neugierde geweckt. Ich blieb also. Schließlich blieb ich mehrere Monate bei ihnen.

Zuerst versuchte Catherine, mich mit einem guten Freund von ihr, einem Künstler namens Koshóo Jackson, zu verkuppeln, der halb Japaner, halb Afroamerikaner war. Er machte wundervolle, geflochtene Gürtel. Ich habe immer noch diesen einen, den er mir geschenkt hat; aber auf seine andern Angebote ging ich nicht ein. Ich werde demnächst ein bißchen mehr von Koshóo erzählen, wenn mir danach ist.

«Er macht die bunten Zöpfe für mich, die ich für die *Vogelfängerin* brauche. Er ist so schön. Warum hast du ihn abblitzen lassen?»

Ich saß in einer dunklen Ecke ihres Studios, während sie die Zöpfe auf ihrer ewig unvollendeten Skulptur befestigte.

«Du bist ein Biest», sagte sie. «Es ist doch nicht zu verachten, wenn man jemanden zum Lieben hat.»

Ich sagte nichts.

«Meine beiden besten Freunde sollten sich zusammentun.»

Ich zog die Augenbrauen hoch. Voreilige Freundschaftserklärungen haben mich schon immer aus der Fassung gebracht. Ich beobachtete ihr schmollendes Gesicht.

Ich bin die Frau mit den Krokodilsschultern, die Catherine Wunderlichs Geschichte erzählt. Bei einem so perversen Weib weiß man nie, was passiert. Ich bin nur froh, daß sie es nicht auf mich abgesehen hat. Wir haben es mit folgendem Paradox zu tun: Wie kann eine Frau behaupten, sie würde einen Mann lieben, und gleichzeitig versuchen, ihn um die Ecke zu bringen? Und warum setzt er sich nicht einfach ab? Fragt man ihn, so bekommt man eine lächerliche Antwort zu hören wie: «Sie ist die faszinierendste Frau der Welt.» Die faszinierenden Frauen dieser Welt könnten einen ganzen Ozean füllen. Und soweit ich das beurteilen kann, bedarf es nur einer faszinierenden Frau, damit jemand abhebt.

17

Catherine möchte einen Spaziergang am Strand machen, aber keiner hat Lust, sie zu begleiten. Sie geht allein und kommt mit nassen, verfilzten Haaren voller Salz und Algen und von oben bis unten mit Sand bedeckt zurück.

«Die Meerhexe», sagt Ernest.

«Du siehst furchtbar aus», sage ich.

«Vielen Dank», sagt Catherine. «Ihr beiden könnt mich mal.» Sie geht auf die Tür zu, dreht sich aber noch einmal um. «Ich bin beinahe ertrunken, ihr Scheusale. Der junge Mann, der mich aus dem Wasser gezogen hat, steht unten.»

Ernest und ich stürzen uns auf sie. Sie weicht zurück.

«Wartet der junge Mann immer noch unten?» fragt Ernest und sucht in seiner Tasche nach Kleingeld. «Ich möchte mich bei ihm bedanken.»

«Der wird dein blödes Geld nicht nehmen», sagt sie. «Du kannst ihm zuwinken. Damit er weiß, daß ich okay bin.»

«Bist du denn auch okay?»

Sie nickt.

Ernest geht auf die Terrasse. Wir hören seine Dankesbezeugungen und die *de nada* des jungen Mannes. Dann kommt er wieder herein.

«Übrigens», fragt Catherine, «wieviel wäre ich dir denn wert gewesen?»

Sie stolziert hinaus, grüne Algen rieseln von ihrem nassen Hinterkopf.

«Ihr hättet mitgehen sollen», ruft sie. «Ihr beiden gottverdammten faulen Ärsche.»

18

Ernest erzählt mir von der Frau, die er in seinem Artikel über Psychokinese erwähnt. Diese Frau, sagt er, verwandelte ihre Frustrationen in psychokinetische Energie. Sie konnte Gegenstände bewegen, aber sie konnte es nur, wenn sie mit ihrem Mann zusammen in einem Raum war. Sie und ihr Mann saßen zum Beispiel vor dem Fernseher, und plötzlich fiel eine Lampe herunter und zerbrach, oder das Telefon klingelte und niemand meldete sich, oder ein Stuhl sprang in die Luft oder schlitterte über den Fußboden. Manchmal passierten auch schlimmere Dinge, Fensterscheiben zersplitterten, oder schwere Möbelstücke fielen gegen Wände und Türen. Zuerst bestellte das Paar einen Geisterbeschwörer, dann fanden sie jedoch mit Hilfe eines Mediums heraus, daß die Frau selbst den Schaden verursachte – ihre Art und Weise, Unzufriedenheit zu äußern. Sie hatte selbst nicht gewußt, daß sie manchmal unzufrieden war. Ihrer Meinung nach führten sie eine sehr glückliche, harmonische Ehe. Und sie liebte ihren Mann.

«Erklärst du dir so Catherine?»

«Ich habe es aufgegeben, mir Catherine erklären zu wollen.»

«Warum zum Teufel setzt du dich nicht ab?»

Seine Antwort ist jedoch nicht diejenige, die ich erwartet habe.

«Warum setzt *du* dich nicht ab?»

Was bleibt mir anderes übrig, als das Spiel mitzuspielen? Nicht alle Flugtickets sind aus Papier.

19

Habe ich eigentlich schon von unserm Besuch bei der Wahrsagerin berichtet? Die Frau hielt Catherines Hand und sagte: «Sie haben eine sehr ausgeprägte Liebeslinie. Ah, Sie haben eine unglaubliche Liebeslinie!»

Catherine kicherte, da sie wußte, wozu sie fähig ist und wovon die Frau nichts wußte.

Die saß einfach da und hielt Catherines Hand, als hoffte sie, ihre Liebeslinie würde auf sie abfärben.

Dann aber änderte sich ihre Miene, und sie stieß Catherines Hand fort. Sie drückte sich die Handfläche gegen die Stirn und rannte davon.

«Und du dachtest, sie sei eine Schwindlerin», sagte Catherine. «Sie kann unmöglich eine Schwindlerin sein, das zeigt ihr Abgang.»

20

«Warum verbringst du nicht die Nacht mit mir? Wir haben uns schon so lange nicht mehr im Dunkeln geliebt. Bleib bei mir. Ich möchte dich wieder einmal im Dunkeln in den Armen halten.»

Das ist nicht für meine Ohren bestimmt, aber ich bin schon in den Flur eingebogen, in dem sie sich gegenüberstehen. Ich will mich zurückziehen.

«Komm schon, du wolltest doch ins Bad, oder?» zischt Ernest.

Ich durchquere den Korridor der zärtlichen Gefühle zwischen ihnen.

21

Es ist Catherines Geburtstag, und auf dem Tisch steht ein Geburtstagskuchen.

«Schneid den Kuchen doch an», sagt Ernest. «Oder soll ich?»

«Nein.» Sie taucht mit dem Plastikmesser hinein und gibt Ernest das größte Stück.

«Das größte Stück für den Mann meines Lebens.»

Der Kuchen ist mit Erdbeeren und Ananas belegt.

«Ich würde sofort alles aufgeben, wenn Ernest das wollte», sagt sie.

«Was aufgeben?» fragt er.

«Das weißt du genau. Meine Arbeit, meine Plastiken, alles.»

«Ich habe nie von dir verlangt, daß du für mich etwas aufgibst. Das ist doch albern», sagt er und ißt seinen Kuchen. «Warum sollte ich?»

«Oh, das war falsch! Oh, das war ein Fehler!» Und Catherine stürzt aus dem Zimmer.

Ernest, dem der Kuchen aus dem Mund fällt, dreht sich ratlos nach mir um.

«Was soll denn das schon wieder? Was nun?»

«Ich schaue mal nach», sage ich.

Catherine steht mit blutverschmierten Händen auf dem Flur vor der Tür zum Badezimmer. Vielleicht habe ich mich doch getäuscht. Vielleicht hat sie auch selbstzerstörerische Tendenzen.

«Catherine!»

«Meine Periode hat angefangen, nichts weiter. Ich weiß nicht einmal, wie man in diesem gottverdammten Land Binden nennt. Was sagt man für Binden?»

Ich ziehe meinen Halbunterrock aus, reiße ihn in Streifen und mache eine Einlage daraus.

«Wir gehen ins Dorf hinunter und kriegen heraus, wie sie das hier nennen», sage ich.

Catherine hält ihre Hände unter den Wasserhahn und läßt kaltes Wasser darüberfließen.

«Ich wette, du dachtest, ich hätte es Gwendola nachgemacht, stimmt's?»

Ich sage nichts. Ich beobachte das Wasser.

«Angenommen, ich hätte? Denkst du, er würde vergessen, daß ich hier bin?»

Ich erwidere nichts.

«Was ist deiner Meinung nach moralischer, es wie Gwendola oder wie Gauguin zu machen?»

«Ist alles in Ordnung?» ruft Ernest von draußen.

«Sag ihm nichts», flüstert Catherine.

«Alles klar», sage ich.

«Nur der Geburtstags-Blues», singt Catherine. «Ich werde 40 Jahre heute.»

Draußen hört man jemanden seufzen. Ich bin mir nicht sicher, ob Catherine es trotz ihres Gelächters bemerkt. Aber ich bin mir sicher, daß sie meine Antworten auf ihre Fragen nicht hört.

22

Am nächsten Morgen beim Frühstück schweigt Catherine hartnäkkig. Sie starrt auf ihren Teller. Und sieht aus, als hätte man sie verraten. In sich zusammengesackt sitzt sie da.

«Halte dich gerade», weist Ernest sie zurecht. «Und hab dich nicht so, nur weil du vierzig geworden bist.»

«Ich hab mich nicht so, weil ich vierzig geworden bin», schmollt sie.

Er sagt, daß er Selbstmitleid nicht mag. Er sagt, sie solle aufhören, sich selbst zu bemitleiden. Sie sei auf dieser wunderschönen Insel und habe allen Grund, glücklich zu sein. Alles sei in bester Ordnung. Sie habe nicht den geringsten Grund, sich zu bemitleiden.

Er kommt auf die Gesichter zurück, die wir neulich abends im Fernsehen sahen. Die Opfer von Trockenheit und Hungerkatastrophen. Sie ließen sowohl Catherines wie auch unsere Klagen bedeutungslos erscheinen.

«Können wir nicht eines von diesen Kindern adoptieren?» hatte Catherine gefragt. (Sie sprach ‹adoptieren› wie ‹adaptieren› aus.)

«Du kannst doch nicht einmal für dich selbst sorgen», sagte Ernest und sah weiter auf den Bildschirm.

«Wir sollten doch zumindest eines von ihnen retten können. Wir könnten diesen Freund von dir fragen, den in ‹Ärzte ohne Mauern›. Er kennt sich bestimmt aus.»

«Du kannst nicht einmal dich selbst retten», sagte Ernest.

«Er sieht wie Haile Selassie aus, nicht? Schau dir dieses Gesicht an. Du kannst doch deinen Freund fragen. Wir sollten versuchen, dieses eine Kind zu retten.»

«Wir haben schon mit dir genug.»

Als sie das Spendenkonto bekanntgaben, holte Catherine ihr Scheckheft. Ich mußte an diesen Godard-Film denken, in dem Jack Palance einen Filmproduzenten spielt – «jedesmal, wenn das Wort ‹Kultur› fällt, zückt er sein Scheckheft». Es hatte natürlich überhaupt nichts damit zu tun. Und es war weder der Ort noch der Augenblick, einen Witz zu machen, nicht mal einen sarkastischen.

«Hol dein Scheckheft, Liebling», sagte Catherine.

Er zog es hervor.

Sie blickte mich an.

Ich kramte einen Reisescheck hervor.

40 Jahre sind nichts Schlimmes. «Es geht nicht darum, daß ich vierzig geworden bin.»

«Halt dich gerade und iß dein Frühstück. Lächle.»

Sie richtet sich auf, aber sie lächelt nicht. «Kann ich nicht auch deprimiert sein?» fragt sie. «Einfach manchmal deprimiert wie jede andere Frau?»

«Wenn du einen Grund dafür hättest. Aber du hast keinen. Du hast alles.»

«Amanda hält sich auch nicht gerade. Warum sagst du ihr nicht, sie soll sich geradehalten?»

«Hört euch dieses Gör an. Gestern vierzig geworden. Amanda gehört nicht zu *mir*.»

«Und ich gehöre zu dir?»

Er schweig, dann: «Natürlich gehörst du zu mir.»

«Wem gehört Amanda?» fragt sie, der kleine Teufel.

Er sagt nichts, dann meint er: «Sich selbst, nehme ich an, da sie geschieden ist.»

«Wenn Amanda sich selbst gehört, möchte ich das auch.»

«Möchtest du dich scheiden lassen?»

Catherine starrt auf ihren Teller und blickt dann hoch.

«Aussichtslos, mein Lieber. Es ist mir ganz egal, ob ich dir gehöre oder nicht. *Die Vogelfängerin* gehört jedenfalls mir.»

Mit ungeduldiger Miene streicht Ernest Butter auf sein Brot.

Ich rühre kräftig um. Es gibt Rührei. Pilze. Käse, grüne Paprika.

«Erzähl Amanda, wie du als kleiner Junge Füchse gejagt hast», sagte Catherine und kratzte sich an der Innenseite eines Nasenflügels.

«Amanda möchte das überhaupt nicht hören», sagte Ernest ungeduldig und mißvergnügt.

«Wenn man sich diesen gereiften, kultivierten, intelligenten, weltmännischen Gentleman anschaut, würde man nie vermuten, daß er auf einer Farm aufgewachsen ist, einer Farm in –»

«Minnesota», warf Ernest zwischen zwei Bissen gebutterten Toasts ein.

«Ich wußte nicht, daß in Minnesota auch kleine, schwarze Jungs wachsen, du?» stichelte Catherine. «Erzähl ihr von deinen Fuchsjagden. Erzähl ihr, wie du sie gefangen hast. Es ist wirklich sehr schlau. Steckt eine richtige Strategie dahinter.»

Ernest leierte monoton die Geschichte herunter. «Man fängt einen Fuchs, indem man sich von hinten heranpirscht und ihn ganz oben am Schwanz packt. Man muß ihn ganz oben packen, weil er dann sein Rückgrat nicht bewegen und sich nicht umdrehen und beißen kann. Den ersten Fuchs, den ich zu fangen versuchte, packte ich nicht weit genug oben – er sprang herum und biß mich.»

Catherine schob den Ärmel seines Hemds hoch und zeigte mir

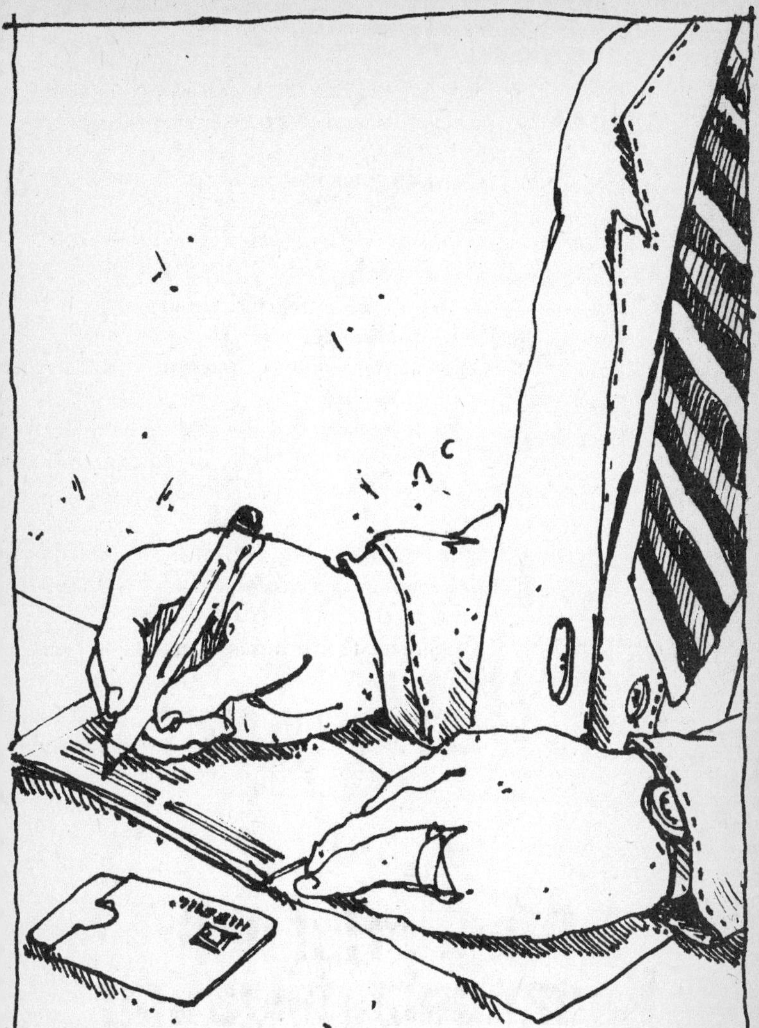

Nichts ist einfacher ...

... als zu sagen: «Liebling, hol doch mal eben dein Scheckheft», vorausgesetzt, das dazugehörige Girokonto ist gut gefüllt.

Wer's nicht ganz so eilig hat und vor allem, wer Zinseinnahmen nicht missen möchte, hat noch andere Möglichkeiten, «flüssig» zu sein.

den Fuchsbiß – eine üble, gezackte Bißnarbe in der zarten Haut seiner Armbeuge.

«Eine nützliche Information, was?» sagte Ernest verdrießlich.

«So fängt man auch eine Frau», sagte Catherine, die auf ihren leeren Teller blickte, als wolle sie daraus ihre Zukunft lesen. «Faß sie nur weit genug oben am Schwanz, dann kann sie sich nicht umdrehen und beißen.»

«Das ist schon eine viel nützlichere Information», sagte Ernest. «Und wie fängt eine Frau einen Mann?»

«Frauen fangen keine Männer», sagte Catherine.

«Ich dachte, die Frauen würden immer die Männer fangen», meinte er.

«Das ist ein Mythos. Es stimmt nicht, eine Frau fängt nie einen Mann. Kann sie überhaupt nicht.»

«Welchen Fuchs versuchst du uns da aufzubinden?» fragte Ernest und zwinkerte mir zu.

Ich erstrahlte, als seine Augen auf mir ruhten, blickte dann aber schnell weg und auf Catherine, die auf ihren Finger gespuckt hatte und sich die Reste von eingetrocknetem Rührei in den Mund stopfte – mit demselben Finger, mit dem sie sich gerade in der Nase gekratzt hatte.

«Eine Frau könnte einen Mann auch nie weit genug oben am Schwanz packen», sagte Catherine.

«Das hängt ganz von der Frau ab», sagte Ernest.

«Vergessen wir nicht, daß menschliche Wesen gar keine Schwänze haben?» warf ich ein.

«Schließ mal nicht von dir auf andere», murmelte Catherine.

«Soll das bedeuten, daß wir einander immer beißen?» fragte Ernest und verfinsterte sich wieder.

Ich starrte in einen Sonnenstrahl, der auf den Tisch fiel – auf Staubteilchen, die durcheinanderwirbelten.

«Ich hab mal ein Foto von einem Menschen gesehen, der einen Schwanz hatte. In der *Polizei-Gazette*», sagte Catherine und erkundete wieder ihren Teller.

«Sie meint *normale* Menschen wie uns», sagte Ernest. «Wir schaffen es immer, einander zu beißen.»

«Warum zeigst du es ihr nicht, du wartest doch nur darauf», platzte Catherine heraus. Ihre Zunge glich einer rosa Mondscheibe.

Ernest schob den anderen Ärmel hoch. Diesmal stammte der Biß von einem menschlichen Wesen.

Er sah noch übler aus – tiefer, breiter, dunkler. Catherine betrachtete ihn wie eine Trophäe.

«Diese unmögliche Frau», flüsterte sie. Dann lauter: «Ich muß aufs Klo, laßt mich durch.»

Im Aufstehen knöpfte Ernest seine Ärmel zu. Catherine glitt aus unserer Nische und ging in Richtung Toilette. Ich begleitete sie. Das war so vereinbart. Einmal, als sie in einem Lokal beim Essen saßen, war Catherine auf die Toilette gegangen, hatte eine Scherbe entdeckt, die von dem Spiegel eines Waschtischs stammte und sie wie einen Dolch im Mantel verborgen. Den Rest kann man sich denken.

Ich stand in der Tür und zog an meiner Zigarette.

«Dann weißt du, wie das ist», sagte Catherine, und ihr Pipi klang wie ein fließender Wasserhahn.

«Wie was ist?»

«Na, komm du mal hier rein und laß mich selbstzufrieden und mit diesem Mona Lisa-Lächeln draußen warten, dann weißt du, wie beschissen das ist, wie verflucht beschissen.»

«He, red nicht so ordinär.»

«Goldene Worte», sagte sie. Ihr Pipi kam nur noch tropfenweise und hörte dann ganz auf. Sie gehört zu denen, die sich mit Toilettenpapier abwischen. Sie furzte.

In der Toilette nebenan räusperte sich jemand.

«Wie geht's, Nachbarin?» schrie Catherine und klopfte gegen die Wand.

Die Frau betätigte die Spülung. Kleidungsstücke wurden hastig in Ordnung gebracht.

«Hier kommt sie!» rief Catherine.

Als die Frau von nebenan ihre Tür öffnete, schubste Catherine mich zur Seite, steckte den Kopf aus ihrer Tür und brüllte: «Hier ist Johnny!»

Die Frau suchte erschrocken das Weite.

«Die hält uns wahrscheinlich für verrückt», sagte Catherine und zog ihren Schlüpfer hoch.

23

Auf der Insel Ibiza sehe ich, wie zwei alte Frauen einander mit Zweigen auspeitschen. Ich frage sie: «Warum peitscht ihr euch aus?»

«Für all die Fehler, die wir machten, als wir junge Frauen waren, wie Sie eine sind», erwidern sie.

Wenn Catherine und ich einmal zwei alte Frauen sind, werden wir dann auch Ruten zur Hand nehmen, einander auspeitschen und die Fehler beklagen, die wir begangen haben?

Ich hoffe nein. Ich hoffe, wir nehmen uns statt dessen in die Arme.

In der Zwischenzeit biege ich von dem «Eselspfad» ab und suche nach einem Strand.

24

Catherine hat ein gelbes Handtuch unter sich ausgebreitet, ich ein blaues. Wir saugen Sonne in uns auf. Ich reibe Kokosöl auf meine Knie und Schultern, auf meine schuppige Krokodilshaut.

«Ich möchte eine Tochter», sagt Catherine.

Ich denke an die Gesichter im Fernsehen.

«Warum kriegst du nicht eine Tochter für mich? Du mit Ernest? Ich würde sie lieben wie meine eigene. Sie *wäre* meine eigene. Sie wäre *unsere* Tochter.»

Sie berührt flüchtig meinen Bauch.

«Wir würden sie so sehr lieben!»

«Ich bin zu alt!» sage ich. Ich bring's nicht über mich, ihr die Wahrheit zu sagen.

«Frauen können bis Mitte Vierzig Kinder haben», sagt Catherine. «Ich weiß von einer Frau, die mit 55 Jahren ein Kind bekommen hat. In manchen Gegenden von Rußland ...»

«Warum kriegst du deine Tochter nicht selbst?»

«Er wollte gleich, nachdem wir geheiratet hatten, aber ich wollte es wegen meiner Arbeit noch aufschieben, und als ich dann soweit war, klappte es bei mir nicht mehr.»

«Wie schade», sage ich.

«Du siehst, du mußt es für mich tun.» *Wir ziehen sie an unseren Postkartenplätzchen groß*, mag er zu ihr gesagt haben. Wann? Im Bett?

«Nein, Catherine.»

Catherine setzt sich auf und beißt sich auf die Unterlippe. Dann holt sie aus ihrer Tasche eine von diesen Beruhigungspillen zum Lutschen, die ihr der Arzt verschrieben hat. Sie blickt mich aus halbgeöffneten Augen an. Schließlich steht sie auf und geht am Strand entlang, um nach herumliegenden Gegenständen für ihre Skulptur zu suchen. In ihren frühen Plastiken verwendete sie Schraubenzieher, Bohrer, Radioteile, Klempnerwerkzeuge; jetzt sind ihr derlei Dinge verboten, und sie muß nach ungefährlicheren Gegenständen Ausschau halten. Sie sammelt sie in ihr Handtuch ein: Muscheln, getrocknete Seesterne, ein vergessenes Bikini-Oberteil.

Ernest oder ich durchsuchen sie, bevor sie damit das Haus betritt. Wir schauen auch ständig in ihrem Studio und in anderen Verstecken im Haus nach. Das entspricht der Vereinbarung, den Bedingungen ihrer Entlassung. Es ist schon Routine.

Keiner, der sie beobachtet, würde sie für gefährlich halten. Keiner würde in Catherine etwas anderes sehen als eine vollkommen harmlose Frau von vollkommener Schönheit. Man kennt ja diese reizenden Fremden: «Ich möchte diese Frau gern kennenlernen!»

Ich beobachte, wie sie sich bückt und irgendwelche Schatten aufliest. Wenn sie zurückkommt, werde ich mir diese Schatten genau ansehen und entscheiden, ob gefährliche darunter sind.

«Ich stand unter Hypnose, als ich sie bekam», sagte Gillette und zeigte uns ein Foto von sich mit einer glatzköpfigen Tatum auf dem Arm; Tatum blond und weiß wie Stärke und genauso verwirrt. «Ich hatte Angst. Ich hatte unsägliche Angst. Die Ärzte meinten, mein psychischer Zustand würde uns beiden schaden; sie sagten, sie hätten noch nie eine Frau erlebt, die soviel Angst hatte. Sie versetzten mich also in Hypnose, damit ich das Gefühl hätte, mein Baby beherrschen zu können ... nein, meinen Körper, wollte ich sagen.»

Sie zündete sich eine Zigarette an und kratzte sich an den Innenseiten ihrer Schenkel, auf denen sie anscheinend einen Ausschlag oder Hitzebläschen hatte. Wir saßen in ihrem Wohnwagen am Küchentisch und tranken Kaffee; Tatum spielte irgendwo vorne.

«Das macht mich völlig fertig. Irgendeine Allergie. Die Ärzte kriegen einfach nicht raus, was es ist ... Die Wehen dauerten 24 Stunden. Stellt euch vor, was für eine Tortur das ohne Hypnose gewesen wäre! Früher hielt man Hypnose für Hokuspokus, das ist sie aber nicht. Zuerst dachte ich, sei seien alle Schwindler, und als ich ihnen dann glaubte, dachte ich, sie würden es nicht schaffen, mich zu hypnotisieren – nicht mich. Ich dachte, wenn man einen starken Willen hat, funktioniert es nicht. Aber offenbar ist es davon ganz unabhängig. Es ist durchaus logisch, durchaus wissenschaftlich, man muß nur der Person trauen, die einen hypnotisiert. Ich weiß nicht, wie ich es ohne geschafft hätte. Durch die Hypnose wurde es wundervoll. Als würde sich eine Tür öffnen. Ich war danach richtig stolz auf mich.

Und sie haben mir erzählt, ich hätte danach einfach nur gelächelt. Daß so jede Frau aussehen sollte, ein glückseliges Lächeln, daß jede Frau so glückselig lächeln sollte. Sie hatten sie gerade herausgeholt und hochgehoben, damit ich sie sehen konnte, und schon war es da, dieses glückselige Lächeln. ‹So sollten alle Frauen aussehen›, hörte ich eine Krankenschwester sagen. Wenn ich mich nur selbst hätte sehen können. Ich wette, es war das kosmische Lächeln, nicht dieses verhaltene Mona Lisa-Lächeln. Mein Lächeln hätte man wohl gar nicht malen können. Wahrscheinlich wollte ich nichts dafür tun, sie zu kriegen. Ich weiß, das klingt furchtbar. Ich wollte sie haben, aber ohne etwas dafür zu tun, zumindest nicht so hart zu arbeiten, versteht ihr? Cathy, du solltest ein Kind bekommen.»

Catherine saß mit leicht geöffnetem Mund da. Sie sagte nichts.

«Aber du willst wohl keines, oder?» fragte Gillette.

«Das ist zu kompliziert», sagte Catherine.

«Oh ja, ich wünschte, es ginge kurz und schmerzlos. Bei manchen Frauen kommt es einem ganz kurz und schmerzlos vor. Angeblich soll auch Akupunktur den Schmerz erträglicher machen. Von Pillen halte ich nichts. Cathy, wenn sie mich nicht hypnotisiert hätten, ich weiß nicht, was ich getan hätte. Aber Amanda ist schon ein Schatz.»

«Amanda?»

«Das ist Tatums richtiger Name.» Sie warf mir einen Blick zu.

«Sie möchte nur gern, daß ich sie Tatum nenne. Aber sie heißt Amanda – Amanda, die Liebenswerte. Ihr Spitzname ist Sister. Aber ich soll sie Tatum nennen, wie das kleine Mädchen vom Film.» Sie rief: «Komm her, Liebling. Wo bist du denn, mein Liebling?»

Tatum kam angerannt und kletterte auf ihren Schoß.

«Was hast du denn gemacht, im Dreck gespielt? Du bist so drekkig, ein richtiges kleines Ferkel.» Sie küßte Tatum auf die Wange und machte blubbernde Geräusche. «Mein kleiner Engel bist du trotzdem, nicht wahr, Baby? Du bist mein kleiner, süßer Engel.»

2
Wer war der letzte, der dich Darling nannte?

25

Ich erinnere mich nicht mehr genau an den Namen der Krankheit, aber er klang so ähnlich wie *naevus pilosus* oder *pilosis nervosa*. In *Ebony* erschien einmal ein Artikel über eine Frau, die zuerst weiße Flecken auf der Haut kriegte und schließlich ganz weiß wurde. Ich schneide mir solche Artikel gern aus. Ich habe auch immer die verrückten Geschichten aus der *Polizei-Gazette* ausgeschnitten. Catherine und ich fanden, wir *mußten* uns einfach begegnen, wo wir beide schon als Kinder begeisterte Leser dieser Zeitschrift gewesen waren, die unsere Väter immer mit nach Hause brachten. Ich weiß nicht, ob es sie noch gibt. Vielleicht wurde daraus der *National Inquirer*. Die seltsamen Geschichten in der *Polizei-Gazette* wirkten jedoch immer etwas gepflegter.

Dieser Brasilianer jedoch wurde nicht am ganzen Körper, sondern nur von der Taille abwärts weiß – als besitze die Krankheit ihre eigene Logik oder so etwas wie Radar und wisse genau, welche Richtung sie einschlagen wollte. Seine Taille wurde sogar durch eine dünne Linie markiert, wie ein Äquator.

«Die meisten Frauen erstaunt oder erschreckt es», sagt er, als er die Hose ausgezogen hat und ich seine weißen Beine und Füße und den Äquator über seinem Magen sehe.

«Aber du hast so etwas wohl schon mal gesehen oder zumindest davon gehört?»

«Nein, bei dir zum erstenmal.»

«Und du hast keine Angst vor mir? Alle andern Frauen hatten Angst. Eine schaute mich nur an und rannte gleich davon.»

Ich rühre mich nicht vom Fleck. Er zieht seine Shorts aus. Er berührt meine Brüste mit seinen schwarzen Händen. Ich starre auf seine weißen Füße. Und schließlich starre ich auch auf seinen Schwanz. Er küßt meine Brustspitzen. Er kann es nicht fassen, daß ich weder erstaunt noch erschreckt bin.

«Erstaunen und Erschrecken sind ein und dasselbe», sagt er. Er öffnet meine Beine und gleitet in mich.

«Ich kann's nicht glauben», sagt er.

«Glaub es.»

Er küßt meinen Mund, knabbert an meiner Zunge und meinen Lippen. Als er die Krokodilshaut auf meinem Rücken erreicht, berührt er sie, als wäre er auf längst vertrautem Gebiet.

«Du bist eine zärtliche, geheimnisvolle Frau, und ich bin ein Fremder im eigenen Land. Wir gehören zueinander.»

Catherine wäre von diesen Liebesworten entzückt. Auf portugiesisch klingen sie anmutig, in Übersetzung idiotisch. So ist es eben.

Aber ich kann Catherine nicht von ihm erzählen, weil ich ihn bestimmt eines Tages in irgendeinem Museum wiederentdecken werde, diesen seltsamen Mann. Oberhalb des Nabels völlig schwarz und unterhalb völlig weiß, und die Leute werden sich fragen, welches Symbol, welche Metapher dahintersteckt. Eine Frau wird sagen:

«Es ist das Land, ganz klar.» Und eine andere: «Wäre er nicht richtiger oben weiß und unten schwarz?»

Unter meinem Einfluß wurde er mutiger, ging sogar mit mir am Strand in der Badehose spazieren.

«Sie wissen nicht, was für eine Art Mann ich bin», flüstert er. «Und was für eine Art Frau du bist, die einen solchen Mann erträgt!»

26

Die Wände ihres Zimmers sehen aus, als wären sie mit Kalkpuder und Öl poliert worden. Vor den Fenstern hängen Spitzenvorhänge – zwei Paradiesvögel, die einander anblicken. Sich küssen? Heruntergelassene Jalousien, ein Geruch nach Zitronen. Man meint, der Teppich müsse ihn ausströmen. Ein dicker gelber Teppich. Catherine wäre begeistert. Ein vergoldeter Spiegel. Ensinanço hat ihn selbst gemacht, als er einen Sommer lang in einer Spiegelfabrik arbeitete. Ein kleines Sofa, die Kommode, das Bett, der Spiegel, Teppiche – sonst nichts. Das Paradies.

27

«Komm, Amanda», sagt Catherine. «Jemand möchte dich sprechen.»

Sie streckt mir den Hörer entgegen, aber sie hat die Schnur um ihr Handgelenk gewickelt und muß sich erst davon befreien, bevor ich ihn nehmen kann.

«Wer ist es?» flüstere ich. Die Sonne hinter ihr leuchtet orange.

«Jemand für *dich*.»

Ich nehme den Hörer, und er sagt: «Darling, bist du es? Wie geht es dir?»

Als wäre ich nie weggegangen, als wäre ich in der Wohnung nebenan bei meinen Nachbarn. Als wäre ich nie weggegangen.

Ich knalle den Hörer auf, während Catherine lächelnd danebensteht.

«Mach das nicht noch mal.»

«Ich dachte, du wärst glücklich. Ich dachte, seine Stimme zu hören würde dich glücklich machen.» Sie hockt mit verschränkten Armen auf der Couch.

«Misch dich nicht in Angelegenheiten, von denen du keine Ahnung hast. Das mit Koshóo habe ich mir noch gefallen lassen, aber das hier nicht.»

«Dann erzähl mir von ihm.»

«Es ist meine Angelegenheit, verstehst du? Woher weißt du überhaupt seinen Namen?»

«Du bist diejenige, die nicht richtig tickt», sagt sie. «Welche Geschiedene würde so blöd sein und mit Koffern herumreisen, auf denen noch ‹Mrs. Lantis Wordlaw› steht samt alter Adresse und Telefonnummer?»

Ich sage nichts. Ich sollte die Anhänger abreißen und durch neue ersetzen, aber ich bin einfach zu faul, außerdem möchte ich nicht, daß sie noch mehr Grund zur Schadenfreude bekommt. Also bleibe ich einfach stehen und beobachte Catherine, deren Mund die Form eines Drops angenommen hat.

«Lantis, das ist ein ziemlich ungewöhnlicher Name», bemerkt sie.

«Eine Abkürzung von Atlantis. Seine Eltern haben ihn Atlantis getauft, aber die andern Kinder machten sich immer über ihn lustig. Lantis war einfacher. Sobald er erwachsen war, ließ er ihn offiziell ändern.»

«Mir gefällt Atlantis besser.»

«Mir auch. Sogar ihm selbst, jetzt, wo er älter ist und mehr Sinn dafür hat.»

«Wird er es rückgängig machen lassen?»

Ich zucke mit den Schultern.

Sie hat immer noch diesen runden Dropsmund.

«Ich möchte wetten, du bist gar nicht geschieden. Ich meine offiziell», sagt sie. «Ich möchte wetten, du bist einfach abgehauen.»

Ich schweige.

«Das gefällt mir», sagt sie nachdenklich. «Die Vorstellung, daß die Frau abhaut und den Mann sitzenläßt.»

«Ich habe ihn nicht sitzenlassen.»

«Hast du es ihm gesagt, oder bist du einfach verschwunden?»

«Ich bin einfach verschwunden.»

«Hol sie dir, Tiger!» ruft sie, klatscht in die Hände und stolziert im Zimmer auf und ab. «Ich weiß Bescheid.»

Aber sie weiß nichts. Sie weiß nichts von der Kleinen. Sie weiß nicht, daß ich so schnell aufgelegt habe, weil er bestimmt gleich Panda ans Telefon geholt hätte. Und das wäre zu schwierig geworden. Das Schwierigste überhaupt. Es hätte diese Hexe zu Glas erstarren lassen.

«Ich weiß Bescheid!»

Sie hüpft hoch, ein tanzender Vogel Strauß. Eine altmodische, im Rücken gerüschte Seidenbluse. Sie senkt die Arme und hüpft dann hoch. «Ich weiß Bescheid!»

Sie weiß nicht, wie aufrichtig mein Gesicht wirkt, wenn ich lüge.

28

«Ich halte das für eine Schnapsidee», sagt Ernest.

«Was?» frage ich, als ich mich an den Frühstückstisch setze und beginne, Salz in meine Melonenhälfte zu streuen.

Wir sind auf der Terrasse. Sie hat die Stühle und den Tisch gelb gestrichen. Die Sonne ist gelb.

«Ich habe Ernest von unserer Idee erzählt.»

«Von welcher Idee?»

«Ich glaube nicht, daß das Amandas Idee war», sagt Ernest. «Ich glaube nicht, daß sie mit so einer albernen Idee etwas zu tun hat.»

«Mit welcher Idee?»

«Sie weiß es nicht einmal mehr», schmollt Catherine. Die berühmte Miene der von allen verratenen Frau. Sie steht vom Tisch auf und will gehen.

«Setz dich und iß dein Frühstück», sagt Ernest.

Sie setzt sich wieder.

«Welche Idee?» bohre ich.

«Das Baby!»

«Das war *nicht* meine Idee.»

Sie funkelt mich an. «Ich würde nie einen Mann verlassen, der mich liebt.»

«Und ich würde nie versuchen, einen umzubringen», liegt mir auf der Zunge, statt dessen sage ich nur: «Vergiß es.»

Ich tauche meinen Löffel in die Melone. Als ich Catherine wieder anblicke, bohrt sie in der Nase und hat die Sache anscheinend schon wieder vergessen.

Ernest streckt den Arm aus, tupft ihr Melonensaft vom Kinn und nimmt ihr den Finger aus der Nase, als wäre sie selbst das Kind, um das es geht.

Catherine schrumpft auf ihrem Stuhl in sich zusammen. Nun ist sie wieder eine Frau, die schrumpft.

«Wie fühlst du dich?» fragt er.

«Geht so», sagt sie und schrumpft weiter.

Eine Frau erscheint in dem Fenster des gegenüberliegenden Hauses und schüttelt eine Steppdecke aus. Sie entdeckt uns und zieht sich in das Dunkel des Raums zurück. Ich frage mich, ob sie uns weiter beobachtet.

«Ich kann den Tag heute nicht mit euch beiden verbringen», sagt er. «Der Artikel für *Psychology Today* muß heute fertig werden.»

«Du kannst aber nicht gehen! Bleib wenigstens ein paar Stunden. Laß uns eine Radtour machen.»

«Ich kann nicht, Catherine. Die Arbeit wartet.»

«Oder eine Wanderung.» Sie macht eine lange Nase.

Ohne sich darum zu kümmern, steht er auf, küßt sie und winkt mir zu.

Catherine weigert sich, ihn anzusehen. Sie schrumpft noch mehr. «Warum mußt du immer alles verderben? Du bist ein blöder Langweiler. Und was für einer. Ihr seid beide verfluchte Langweiler.»

Er sieht sie einen Augenblick lang an, dann geht er. Sie springt plötzlich auf, wieder eine Frau in voller Blüte.

Ich sehe, wie er unten auf die Straße tritt. Er winkt uns zu, ohne sich umzudrehen.

«Wir drei hatten immer so viel Spaß», sagt Catherine. «Weißt du noch, wieviel Spaß wir hatten? Wie wir uns amüsiert haben? Und jetzt seid ihr solche Langweiler.»

«Man kann sich nicht dauernd nur amüsieren.»

«Wenigstens samstags. Einen Tag könnte er sich freihalten.»

Unten auf der Straße führt ein Mann mit einem Strohhut einen Esel vorbei, auf dem sich geflochtene, von einem Seil zusammengehaltene Stühle türmen. Der Mann verbringt seine Tage mit dem Flechten von Stühlen. Ich frage mich, was das für ein Leben ist.

«Ihr seid Langweiler.»

«Früher fandst du, es würde schon glücklich machen, nur in unserer Gesellschaft zu sein. Jetzt müssen wir alles mögliche für dich inszenieren.»

«Und was ist dabei? Es gibt das eine Lied, in dem es heißt: ‹Jeder liebt das Rampenlicht.›»

«Und du bist drin?»

«Wo drin?»

«Im Rampenlicht. Oder wie es in meiner Familie heißt: du produzierst dich gern. Willst du dich immer nur produzieren, wenn du es mal wieder versuchst? Langweilst du dich so, daß deine Attentate die einzige Abwechslung in deinem Leben sind?»

«Ach, hast du deswegen deinen Mann verlassen?» fragt sie.

«Weswegen?»

«Weil er ein blöder Langweiler war? Weil ihr euch angeödet habt?»

Ich werde ihr nicht die Freude machen. Ich werde nichts zugeben.

«Leute langweilen sich einfach.»

«Unsinn ... Ich langweile mich nie.»

Sie schrumpft wieder auf ihrem Stuhl zusammen.

«Hat er dich nie so weit gebracht, daß du dir ganz klein und häßlich vorkamst? Das meine ich.»

Sie will es wirklich wissen.

«Doch», räume ich ein. «Ich glaube schon. Manchmal schon. Alle Männer tun das hin und wieder. Wahrscheinlich, um sich wie Männer fühlen zu können.»

«Er schafft es ständig, daß ich mich klein und häßlich fühle. Dauernd.»

Sie ist schon ganz klein, und um ihre Mundwinkel wächst ein zarter Pfirsichflaum. Epilieren, Baby!

«Sich klein vorkommen ist nicht gerade das Paradies.»

Ja, könnte ich ihr erzählen, ich habe solche Männer gekannt, Männer, die mich kleiner machten, als ich vermutlich bin. Wenn ich aber an Ernest denke, sehe ich das Gegenteil. Ich komme mir stärker und größer vor, als ich vermutlich bin. Wie ein besserer Mensch. Aber das kann ich ihr nicht erzählen. Wollen wir im Grunde nicht alle jemanden, der uns das Gefühl vermittelt, größer und besser zu sein, als wir es uns je erträumt haben?

«Ich habe das Gefühl, er steht auf meinem Kopf», sagt Catherine. «Er steht auf meinem Kopf und rammt mich in den Boden.»

Es wäre nicht fair, ihr zu sagen, was ich in Hinblick auf diesen Mann glauben oder nicht glauben kann. Ich sehe bestimmt nicht den Ernest, den sie sieht, und sie wiederum kann nicht – gut, ich spreche es aus – *meinen* Ernest sehen.

Meinen Ernest. Ich soll Ernest so beschreiben, wie ich ihn sehe? Verheiratet mit einer unmöglichen Frau. Ratlos und verwirrt angesichts seiner Lage. Er möchte, daß seine Frau glücklich und kreativ ist, und versucht, Orte ausfindig zu machen, wo sie das sein kann. Ein Typus, den wohl jeder kennt: große, beschützende, selbstlose Männer, an die man sich erinnert, wenn man in Schwierigkeiten ist (und auch danach), die offenbar immer da sind, um anderen aus der

Klemme zu helfen (und man fragt sich, wer ihnen aus der Klemme hilft); Männer mit Doppelherzen nenne ich sie, so wie Hemingway jenen Fluß nannte. Manchmal bilde ich mir ein, ich bin sowohl zu seinem wie auch zu Catherines Schutz hier, zumindest komme ich ebenso seinetwegen wie ihretwegen angeflogen, um ihn vor Übel zu bewahren, so gut ich kann.

Einmal schleppte mich Catherine in ein Museum für Kristalle – es gab dort riesige Kristalle aus der ganzen Welt und in den verschiedensten Farben, und man ging um sie herum, und aus jedem Blickwinkel entdeckte man ein neues Wunder: wie das Licht einfiel, in ihnen tanzte und wieder heraustrat. Mir gefiel, wie Catherine das beschrieb: «Sie haben immer etwas Köstliches zu bieten, wie man sie auch anschaut!» Und wie war er damals in meinen Augen? Wie redeten wir miteinander? Ich erinnere mich an eine Ankunft bei ihnen:

«Da bist du wieder», sagte er.

Wir saßen draußen auf der Treppe zu der psychiatrischen Klinik. Saßen einfach nur da. Gelegentlich warf er mir einen Blick zu, schaute mich an, ohne daß ich ihn ansah. Ich fragte ihn schon nicht mehr nach dem Warum. Damit hatte ich als erstes aufgehört. Ich war ja genauso ratlos wie alle anderen. Ich spürte seinen Blick auf mir. Mir fiel etwas ein, das ich in einem Buch von Hemingway gelesen hatte, in seinem Insel-Buch. Daß Leute, die malen, bessere Menschen seien als Leute, die schreiben. Sie war aber Bildhauerin. Es paßte trotzdem. Sie hatte versucht, ihn umzubringen, und trotzdem beschäftigte mich immer wieder die Vorstellung, daß Catherine der «bessere Mensch» sei. Nur wegen dieses Buchs? Nun, wie erscheint man den andern? Ist es schwierig, diese Person für sich zu verkörpern?

«Sie bekommt jetzt ein anderes Medikament», sagte er. «Sie muß es zehn Jahre lang nehmen. Großer Gott, und was passiert danach? Ich versteht die Überlegung dahinter nicht.»

Es stand da noch etwas anderes. Daß er Maler geworden wäre, wenn er ein besserer Mensch gewesen wäre; daß nur aus einem Widerling ein guter Schriftsteller werden könne. Oder so ähnlich. Ich muß es vor vielen Jahren gelesen haben, erinnerte mich aber erst wieder daran, als ich Catherine traf und Teil ihrer Entourage wurde. Ein Geschöpf ihrer Phantasie. Wenn du das noch mal sagst, Cowgirl, dann lächle.

Warum bleibt er bei ihr?

Kann man besser als seine Handlungen sein?

Wenn ich widerlich genug wäre, wäre ich's.

Er wendet sich mir immer wieder zu, aber ich blicke ihn nicht an.

«Weißt du, wie sehr ich dich schätze?» fragt er.

«Weil ich gekommen bin?»

«Nicht nur, weil du gekommen bist, aber auch deswegen ... Ich kann nicht sehr gut damit umgehen.»

«Besser als die meisten.»

«Ich habe mit ihrem Arzt gesprochen, aber die Ärzte helfen einem auch nicht weiter.»

«Soll ich dann morgen wieder herkommen?»

«Ja, besser noch etwas warten. Morgen ist früh genug.»

Sein grauer Anzug war völlig zerknittert.

«Ich kann dich morgen abholen, wenn du magst.»

«Nein, das wäre zu umständlich, dein Hotel liegt außerdem viel näher. Ich liege nicht auf deinem Weg.»

Er schwieg und betrachtete mich.

«Es gibt kaum etwas, das ich nicht für dich täte, das weißt du», sagte er.

Ich hörte das «kaum». Hören alle Frauen das «kaum»?

«Danke, aber ich komme auch so.»

«Gut.»

«Dein Anzug sieht aus, als hättest du darin geschlafen.»

Das war eine höfliche Untertreibung. Ich hätte mich verplappern und sagen können, er sehe aus wie etwas, das die Katze in den Fängen hatte.

Und Catherine – sie würde das nicht gerne hören – gehört zu den Leuten, denen es immer gelingt, einen großen Auftritt zu inszenieren – einen grandiosen Auftritt, obwohl ihre Auftritte meist privater Natur sind und sich in Wohnzimmern und auf Terrassen ereignen, wo nur Ernest und ich sitzen. Aber ich habe sie auch schon in der Öffentlichkeit auftreten sehen, in Lokalen, Museen, Geschäften. Ehrlich gesagt, ist sie gar nicht besonders attraktiv, aber sie gehört zu den Frauen, die man anstarrt und die einem den Ausruf entlocken: «Was für eine Schönheit!» Das ist ein Paradox, das Ellison gefallen würde, ein Rätsel für Joyce. Wenn sie einen Raum betritt, blickt man auf. Und man wendet sich nicht mehr der Sache zu, mit der man gerade beschäftigt war, man schaut. Man schaut, bis sie sich irgendwo niedergelassen hat, und blickt selbst dann immer wieder zu ihr hin. Die Leute, die sie begleiten, fallen einem nicht weiter auf; man denkt nur, daß auch sie etwas Besonderes sein müssen, wenn sie mit einer solchen Frau zusammen sind. Wer sie nicht kennt, fragt sich als erstes, ob sie etwas mit dem Theater zu tun hat, ob sie gerade von einer Vorstellung kommt. Wie zum Beispiel damals, als sie nach zehn Jahren ihr Haar wieder glätten ließ und mit einem Pagenschnitt zurückkam (sie besteht darauf, es sei ein ägyptischer Schnitt) – glatte Fransen vorne und hinten, dazu lange Diamantohrringe (sie nennt mich «die letzte Unbelehrbare», weil ich meinen Afro beibehalten habe). Sie kommt also zurück mit ihrem frisch geglätteten Haar und ihrem wie frisch gemalt aussehenden Gesicht und erklärt: «Und jetzt führt ihr mich zum Essen aus!» Nun, ich gebe zu, daß auch ich an Cleopatra dachte, vor allem dachte ich aber an die Bedeutung von Nofretetes Namen – «die Schöne ist gekommen».

Wir gehen also mit ihr essen, und die Leute recken die Köpfe, und sie starren, bis wir zu unserem Tisch geführt werden. Wenn sie mich so anschauten, würde ich denken, ich hätte Spinat zwischen den Zähnen oder einen runterhängenden Rocksaum. Aber Catherine scheint es überhaupt nicht zu bemerken; sie trägt ihre Bleistiftabsätze, ein gelbes Kleid und einen türkisfarbenen Schal, den sie majestätisch um ihre Schultern drapiert hat; ein Aufzug, in dem sie sehr *französisch* aussieht (kreolisch, würde sie sagen). Nachdem wir also Platz genommen und es uns bequem gemacht haben, wenden sich die anderen wieder ihrem Essen zu, aber gelegentlich sehe ich, wie sie aufblicken – und ihre Blicke wandern sofort zu Catherine, als sei es sehr wichtig zu erfahren, ob sie nun ißt, verwirrt oder amüsiert lächelt, die Zukunft aus ihrem Teller liest oder sich an ihrem braunen Näschen kratzt.

Einmal sahen wir selbst solche Leute wie uns. Wir saßen in einem Restaurant in New York, und eine Frau kam herein, anscheinend jemand «vom Theater» – Catherine hoch zwei. Sie war von vielen Leuten umgeben, trug ein violettes Kleid und einen langen lila Schal. Obwohl sie so viele Leute um sich hatte, zog sie alle Blicke magisch auf sich und ließ sie nicht mehr los. Sogar Catherine starrte hin. Die Frau war größer als Catherine, dunkler, mit einem dichten Wald von Haaren. Sie hatte Augen, wie man sie nicht vergißt. «Haftende Augen» nannte das einmal jemand. Es war komisch, Catherine und ich starrten zu ihr hinüber, während Ernest sich auf sein Essen konzentrierte. Ich fragte mich, ob Frauen, die von anderen Frauen beachtet werden, jemals auch bei Männern Beachtung finden. Vielleicht war er aber auch nur diskret. Catherine und ich ließen sie und ihre Entourage jedenfalls nicht aus den Augen. Sie drapierte ihren Schal ständig neu; ich erinnere mich noch ganz genau daran. Und an eine Bemerkung, die sie machte; das brachte mich auf den Gedanken, daß wir auf dieselbe Schule gegangen waren: «Das klingt genau wie Sojourner Truth. Ihr wißt doch alle, wer Sojourner Truth war?»

«Iß», sagte Ernest und stieß Catherine an.

Catherine blickte zu mir hoch. «Ich möchte wetten, sie sind vom Theater», murmelte sie.

«Ja, könnte sein», sagte ich.

«Wer ist vom Theater?» fragte Ernest und spießte eine seiner Kartoffeln auf.

«Vielleicht können wir uns auch mal eine Show ansehen», sagte Catherine. «Weißt du, daß wir drei Jahre hintereinander jedes Jahr in New York waren und keine einzige Show gesehen haben? Es ist doch eine Schande, in New York zu sein und keine Show zu sehen, selbst wenn Ernest sie alle mies findet.»

«Ich habe nie behauptet, daß sie alle mies sind.»

«Du hast gesagt, der Broadway sei zum Kotzen.»

«Ich kann mich nicht erinnern, daß ich den Broadway je zum Kotzen fand.» Er blickte zu den «Theaterleuten» hinüber, schien aber nichts Bemerkenswertes zu sehen. Er schaute mich und dann Catherine an. «Vielleicht war es eine schlechte Saison.»

«Ich glaube, du hast kein Verständnis für Theater.» Zu mir: «Musik mag er immer, es kann spielen, wer will, er findet es immer gut, aber für Theater hat er kein Verständnis.»

«Weil ich nicht alles gut finde?»

«Ich finde, es ist eine Sünde, in New York zu sein und sich keine Show anzusehen.»

«Das werde ich mir merken», sagte ich und lachte.

«Hoffentlich finde ich meinen Satz nicht in einem deiner Bücher wieder», sagte Catherine schmollend. «Du bist eine richtige Elster, du schnappst einfach alles auf. Ernest hat in deinem letzten Buch auch etwas entdeckt, das er gesagt hat.»

«Was?»

«Ich weiß es nicht mehr, du, Ern?»

«Hmm.» Er kaute. Er schluckte. «Ich hab's vergessen. Ich glaube, es hatte mit Dekadenz zu tun.»

«Ja, mit Dekadenz, das weiß ich. Er sah jedenfalls seinen Satz da stehen und war ganz geschmeichelt. Ich wäre aber nicht geschmeichelt, das sage ich dir gleich. Ich werde mir einen Streifen Papier zuschneiden – wie diese Orakelzettel in den chinesischen Plätzchen – und den Satz auf eine meiner Skulpturen kleben. Der ist mein Eigentum, verstehst du?»

Sie klopfte mit ihrer Gabel gegen meine Fingerknöchel. Ein Stückchen geschmolzener Käse blieb an einem Knöchel hängen. Ich leckte es ab. Ich dachte an Fitzgerald, der Zelda verbot, über bestimmte Erlebnisse zu schreiben. Das hier gehört mir, das da kannst du haben. Oh, aber du hast dir das Beste geschnappt!

Die Frau mit dem Schal sagte etwas. Gerade so laut, daß man ihre Stimme, aber nicht die Worte hörte.

«Sie hat eine Stimme wie eine Hupe, nicht?» meinte Ernest.

Catherine warf mir einen Blick zu und wackelte mit dem kleinen Finger, dann kratzte sie sich an der Nase. «Das kannst du haben. Heute abend bin ich großzügig.»

«Vielleicht können wir uns mal etwas von Off-Broadway anschauen», sagte Ernest.

«Und jetzt bist du an der Reihe», würde Catherine sagen, wenn sie selbst bis hierhin gelesen hätte. Aber mich selbst kann ich nicht beschreiben. Sich selbst kann man einfach nicht beschreiben. Auch was meine Beschreibungen von Ernest und Catherine und all der kleinen Szenen betrifft – es könnte kommen, wer wollte, seine Beschreibung fiele wieder ganz anders aus. Sind das dieselben Leute? Nicht nur unterscheiden wir uns wie Schneeflocken voneinander, wir sind auch in den Beschreibungen der anderen und manchmal sogar in den Beschreibungen, die wir von uns selbst geben, so verschieden wie Schneeflocken. Man braucht nur tausend Leute Catherine beschreiben zu lassen, um tausend Versionen von Catherine und der kleinen Szenen zu bekommen. Und tausend Leute könnten mit Ernest auf diesen Stufen oder an diesem Tisch in New York sitzen, sie werden tausend Versionen dieser Szene liefern.

Einmal las Catherine zum Beispiel die internationale Ausgabe von *Time* und brach in Lachen aus. «Was ist so lustig?» fragte ich.

«Diese Geschichte», meint sie, «jedesmal, wenn ich sie lese, klingt sie anders. Der eine hält es für eine heroische Tat, der andere für ein Verbrechen, und ein Dritter findet das Ganze einfach nur töricht. Warum schreibst du nicht einen Roman auf diese Art?»

«Hab ich schon», antworte ich.

«Wirklich?»

«Erinnerst du dich an *Joker*? An die drei verschiedenen Perspektiven – drei verschiedene Personen erzählen dieselbe Geschichte, und wenn man das Buch gelesen hat, ist man mit drei Ansichten konfrontiert und weiß nicht, was man glauben soll. Die Figur ist ein Held, ein Schurke oder eine Witzfigur.»

«Aber du mußt ihn als Witzfigur betrachtet haben.»

«Warum?»

«Weil du ihn *Der Joker* nanntest.»

«Nein, ich hielt ihn nicht für eine Witzfigur, ich hielt ihn für einen Helden. Das Buch heißt *Joker*, weil –»

«Du bist der Joker», sagt sie. «Der Autor ist der Joker!»

«Du hast es erfaßt», sage ich, ziehe einen imaginären Hut vor ihr und rühre in meinem Martini.

29

Um bei dem Thema Joker oder unterschiedliche Betrachtungsweisen zu bleiben – ich habe noch kaum von meiner Begegnung mit Koshóo Jackson erzählt. (Diejenigen, die Japanisch können, werden auch die Komik in der Komik entdecken.) Hier jedenfalls die Szene, oder der Akt:

Als Catherine in die Küche ging, fragte Koshóo:

«Haben Sie auch dieses Gefühl?»

«Ja», sagte ich.

«Die Adlermutter, die über uns kreist und uns gleich füttern wird ...»

«Und dem einen den andern zum Fraß vorwirft?» fragte ich.

«Sie sind eine Frau nach meinem Herzen.»

Er nahm etwas aus seiner Tasche und legte es mir über die Knie. Zuerst hielt ich es für eine dieser Plastikschlangen, die man in Scherzartikelläden bekommt. Aber es war etwas sehr Vollkommenes, Kunstvolles, Zartes. Ein lavendelfarbener Zopf.

«Oh, das ist wundervoll», sagte ich und befühlte ihn.

«In Japan ist das Flechten von Zöpfen eine sehr alte und angesehene Kunstform.»

Ich hatte sie schon als Zierrat an Kimonos und Skulpturen gesehen. Also nickte ich. Aber ich hatte sie eigentlich nie für sich genommen betrachtet, als eigenständige Kunstform.

«Als ich hier damit anfing, behandelten mich alle wie einen perversen Burschen, der Deckchen häkelt.»

«Er ist wirklich sehr schön.»

«Er ist für Sie.»

«Nein, das kann ich nicht annehmen», sagte ich.

Ich konnte es nicht annehmen von einem Mann, dem ich den ganzen Abend über die kalte Schulter gezeigt hatte und dem ich auch nach diesem kurzen Austausch von Sympathie wieder die kalte Schulter zu zeigen beabsichtigte.

Aus der Küche duftete es nach Rindfleisch und Okra.

Ich versuchte, die Gewürze zu identifizieren: Pfeffer, Sago, Knoblauch, Paprika. Salz kann man ja wohl nicht riechen, oder?

«Was kocht sie denn da?»

«Ich weiß nicht. Das Rezept hat sie von den Karibischen Inseln.»

«Es riecht auch karibisch.»

«Ist Ihnen aufgefallen, daß die beiden genau im richtigen Augenblick verschwanden? Das hier war inszeniert», sagte er und zog die Augenbrauen hoch.

Er hatte sehr schwarzes Haar, glatt an manchen Stellen, kraus an anderen. Kraus war es vor allem an den Seiten. Hinten trug er einen Zopf. Er hatte ein grünes Kordsamtjackett und eine schwarze Hose an. Ein sehr gut, sehr gepflegt, sehr teuer aussehender Mann. Sein Vater, sagte er, habe zu einer Zeit, als ein Schwarzer wohl kaum etwas Absurderes machen konnte, an der Universität Japanologie studiert. Als dann aber der Krieg ausbrach, kamen ihm seine Japanisch-Kenntnisse sehr zustatten, und er wurde im Geheimdienst eingesetzt, übersetzte technische Berichte und versuchte, Geheimcodes zu knacken. Nach dem Krieg ging er nach Japan, um mit eigenen Augen zu sehen, was der Krieg angerichtet hatte, lernte eine junge Frau kennen und verliebte sich. Kaum hatte er mir diese Geschichte erzählt, sagte er, er sei ganz schlicht ein Besatzungskind, dessen Vater nach dem Krieg in Japan stationiert war und den Japanern beim Wiederaufbau half. Aber das mit der Liebesgeschichte stimme. Seine Mutter stammte aus einer japanischen Künstlerfamilie – einer Familie von Zopfflechtern. Er wuchs in einer richtigen Fabrik für Zöpfe auf. Später erfuhr ich von Catherine – zumindest erzählte sie das über ihn, oder er hatte ihr das über sich erzählt –, daß sein Vater bei der Handelsmarine war. Aber welchen Beruf sein Vater auch gehabt hatte – die Liebesgeschichte wurde immer erwähnt.

«Ich finde dich sehr nett», sagte er. «Warum hauen wir hier nicht einfach ab?» Er lieferte eine perfekte Bogard-Imitation.

«Geht nicht», sagte ich. «Wir können Catherine ihre Dinner-Party nicht verderben.»

«Es klappt nicht», sagte er, «weil du nicht willst, daß es klappt. Aber ich weiß, daß du mich magst.»

Ich fingerte an dem Zopf auf meinen Knien herum. Ich gab ihn ihm zurück. Er steckte ihn wieder in seine Jackentasche. (Ich bekam ihn später dann doch noch, wie, ist wohl unschwer zu erraten.)

«Was ist los?» fragte er.

«Nichts ist los.»

«Du hast herrlich große Augen.» Er strich über meine Augenbrauen, über die Fläche zwischen meinen Augen, über mein Kinn; er zog mein Gesicht an seines heran und küßte mich.

«Ich habe nächste Woche eine Ausstellung in Paris. Warum kommst du nicht mit?»

«Ich kann nicht.»

«Überleg's dir.»

Ich schwieg. Er duftete nach Tannenzapfen.

«Meine Zöpfe waren jedenfalls keine Sensation hier in den Staaten, bis dann Catherine und ich uns zusammentaten – wir machten eine gemeinsame Ausstellung, bei der sie die Zöpfe als Schmuck für ihre Skulpturen benutzte. Das schlug ein, und seitdem reißt man sich um mich, sowohl in den Staaten wie auch in Europa.»

«Und in Japan?»

«Oh, in Japan wäre ich nur zweite Garnitur. Sie würden mich in Japan überhaupt nicht beachten.»

«Was ich eben gesehen habe, wirkte gar nicht zweitrangig auf mich.»

Aber ich erinnerte mich an jene Geschichte aus Sri Lanka, die wir einmal in einem Seminar lasen; der Dozent wollte nicht nur westliche Literatur behandeln, sondern legte großen Wert auf Beispiele aus anderen Kulturen, und jeder in dem Seminar war höchst erstaunt, wie kunstvoll und originell die Geschichte war, wie makellos, in jedem Element so durchgestaltet und akkurat wie ein edler orientalischer Teppich (oder eine Billie Holiday-Melodie, warf ich zur allgemeinen Entrüstung ein). Und die Phantasie des Erzählers war einfach überwältigend! Aber der Dozent erzählte, er habe die Geschichte einem Bekannten aus Sri Lanka gezeigt, und der habe nur gelacht – in Sri Lanka, meinte er, sei das eine ganz gewöhnliche und konventionelle Geschichte, eine Geschichte, die jeder schreiben könne. In Sri Lanka wäre sie das Werk eines drittklassigen Geschichtenerzählers gewesen.

«Es ist eine sehr alte Kunst dort», sagte er. «Die Familie meiner Mutter lachte mich aus. Ihr Großvater wurde in Japan als der beste Zopfflechter gefeiert. Ich bin nur gutes Mittelmaß, mehr nicht.»

Ich staunte noch immer, aber ich sagte nichts. Und ich wollte nicht, daß er mir noch mehr von sich, von seinem Leben erzählte (Dichtung oder Wahrheit?). Ich wollte mich nicht noch stärker anziehen lassen. Mich nicht von jemandem verzaubern lassen, den eine andere für mich ausgesucht hatte. Ich wollte einem Liebhaber zufällig über den Weg laufen. Aber wie konnte ich ihm erklären, wo das Problem lag, oder wie konnte man vernünftig darüber sprechen? «Wenn ich dich aus einer Menschenmenge ausgesucht hätte», konnte ich sagen. Aber er würde darauf nur antworten: «Laß uns eine Menschenmenge suchen gehen.»

Er streckte mir seine offene Hand hin. Ich legte meine Hand hinein.

«Warst du schon einmal in Paris?» fragte er.

«Ich bin nur durchgefahren.»

«Wie kann man durch Paris nur durchfahren! Du bist unglaublich.»

Er faßte mich um die Schulter, und ich lehnte mich an ihn.

Als jedoch Catherine wieder auftauchte und Ernest mit dem Wein zurückkam, wechselte ich kein Wort mehr mit ihm. Ich benahm mich nicht natürlich, obwohl die drei lachten und Erinnerungen austauschten. Gelegentlich warf er mir einen Blick zu und schenkte mir ein Lächeln, das ich nicht erwiderte, bis er es schließlich aufgab. An der Tür reichte ich ihm die Hand. Kalter Fisch und eisgekühlter Spumanti.

«Bis dann.»

Mein Blick besagte: «Mach dir keine falschen Hoffnungen.»

Und seiner: «Keine Angst.»

Catherine, vergnügt, bunt, in einem weiten, bedruckten Kleid, begleitete ihn zum Aufzug.

Als sie in die Wohnung zurückkam, stand ich in der Küche und räumte das Geschirr zusammen.

«Du hast dich saublöd benommen heute abend», sagte sie.

«Ich habe dein Essen gegessen», sagte ich, «aber der Preisbulle interessiert mich nicht.»

«Wovon redest du eigentlich? Du hättest dich unserm Freund gegenüber besser benehmen können.»

Sie knipste das Küchenlicht an. Ich hatte mich mit dem Licht, das vom Gang einfiel, begnügt.

«Ich mag es nicht, wenn man mir Männer zuspielt», sagte ich. «Ich lasse mich nicht gern verkuppeln.»

«Wer wollte dich denn verkuppeln?» meinte sie. «Wir sind hier doch unter Freunden.»

Ich sagte nichts.

«Und was wäre schon dagegen einzuwenden, mit solch einem Preisbullen verkuppelt zu werden?» fragte sie.

Ich bedauerte, daß ich dieses Wort gebraucht hatte. Es ist ja noch schlimmer als Puppe für eine Frau.

«Ich finde mir gern einen Mann aus einer Menge, so wie der Zufall es will», erklärte ich.

«Du bist einfach idiotisch», sagte sie. «Wenn ich nicht Ernest hätte, würde ich mir sofort dieses Prachtstück schnappen.»

Ich zog eine Grimasse und ließ Spülmittel und Wasser in das Bekken laufen.

«Was tust du da eigentlich?» fragte sie.

«Ich wasche ab.»

«Und wozu, glaubst du, daß wir diesen verdammten Geschirrspüler haben?» fragte sie.

Sie ließ die Tür aufspringen, und wir stellten die Teller hinein.

«Versprich mir bloß, daß du nicht noch einmal versuchst, mich zu verkuppeln», sagte ich. «Ich kann prima für mich selbst sorgen.»

Sie ließ die Tür des Geschirrspülers zuklicken und drückte auf einen Knopf.

«Na schön, Süße», sagte sie. «Aber ich, wenn ich frei, schwarz, eine Frau und über fünfunddreißig wäre, ich würde –»

«Einen Geschirrspüler benutzen?» fragte ich.

Sie schaute mich an. Eine Ampel, die von rot auf grün sprang.

«Und ob, verflucht noch mal. Meine Uhr tickt, auch wenn deine spinnt. Ich bin kein Küken mehr.»

Sie nahm mich beim Ellbogen, und wir ‹Nicht-mehr-Küken› marschierten ins Wohnzimmer, wo Ernest uns strahlend begrüßte.

«Ist dir aufgefallen, wie diese Frau sich benommen hat?» fragte sie mit ihrem ungezogenen Görenblick und ließ meinen Ellbogen los.

«War doch nichts dagegen einzuwenden», sagte er. «Wie hätte sie sich denn benehmen sollen?»

«Wenn er ißt, könnte ihm der Leibhaftige erscheinen, ohne daß er es merkt», sagte Catherine und ließ sich auf das Sofa fallen.

«Den Leibhaftigen würde ich schon bemerken», meinte er.

«Ja, wenn er sich über deinen Teller hermacht.»

«Meinen Teller könnte er haben, nur nicht mein Steak, das würde ich verteidigen», lachte er. Dann schaute er mich an.

«Du warst gar nicht so schlecht. Ich fand, du hast dich ganz gut aus der Affäre gezogen.»

Catherine schüttelte den Kopf.

«Ich fand es einfach unverzeihlich, wie sie diesen tollen Mann behandelt hat», sagte sie.

«Ach, Koshóo wird darüber hinwegkommen. Er hält sich sowieso für unwiderstehlich. Ich denke, es fehlt ihm nicht an Bestätigung.» Er blinzelte mir zu. «Freut mich, daß zumindest eine Frau ihm nicht erlegen ist.»

Catherine schmollte. Legt einen neuen Film ein, Leute. Hier haben wir mindestens drei Koshóo Jacksons.

30

«Du träumst mit offenen Augen.»

«Was?»

«Du hast mit offenen Augen geträumt.»

«Woher weißt du, daß ich geträumt habe?»

«Weil du gelacht hast und deinen wolligen Kopf geschüttelt hast.»

Ich richte mich in dem Pfauensessel auf und sehe Catherines Gesicht über mir.

«Ich könnte wetten, du machst deinen Liebhabern einfach angst.»

«Wieso?»

«Wenn sie mitten in der Nacht aufwachen und dich mit aufgerissenen Augen träumen sehen, wissen sie bestimmt nicht, wohin vor Angst.»

«Manche.»

«Was machen sie?»

«Die Schlauen machen sich aus dem Staub.»

«Und die andern?»

«Was meinst denn du?»

«Sie treiben's mit dem Zombie.»

31

«Es ist komisch, nicht?» fragte Encoberta.

Wir gingen in ihrem Kräutergarten spazieren. Ich hatte ihr die schuppige, blätterteigartige Haut auf meinem Rücken gezeigt, und sie meinte, das Heilmittel stünde in ihrem Garten, der Tee davon würde mich heilen. Sie bückte sich gerade, um die Pflanze herauszureißen.

«Ja, ich weiß auch nicht, es fing ganz plötzlich an, meine Haut begann sich zu schuppen.»

«Ich meine, was ihm passiert ist. Verglichen damit ist deine Sache überhaupt nicht der Rede wert, eine Bagatelle. Ihn kann ich nicht mit Ipekakuanha aus dem Garten heilen. Er hat die Strafe des Himmels abbekommen. Und nur der Himmel kann ihn heilen.»

«Warum nennst du das eine Strafe des Himmels?»

«Weil er seinem Geschick den Rücken gekehrt hat.»

Sie hatte mir den Rücken zugekehrt, während sie auf dem Boden hockte und das Kraut pflückte. Sie trug Bluejeans und eine lila Bluse. Ihr Hintern war breit und flach. Sie hatte keine Taille. Ihr Haar war kraus und grau und im Nacken zu einem Knoten zusammengebunden. Es sah aus, als hätte sie es mit Nerzöl eingerieben. Sie roch nach Orangen.

«Ich mag ihn nicht mehr Ensinanço nennen. Ich mag ihn nicht mehr bei seinem richtigen Namen nennen. Ich nenne ihn jetzt Ensinadelo, das heißt Strafe des Himmels. Er hat sich die Namensänderung selbst zuzuschreiben.»

«Was war denn sein Geschick?»

«*Curandero* zu sein, Heiler.»

«Wie du?»

«Ich bin keine Heilerin. Ich spiele nur mit Kräutern herum, mehr nicht. Ich bin eine kleine Amateurin, mein Beruf besteht darin, eine Pension zu führen und dafür zu sorgen, daß die Gäste saubere Zimmer und ein gutes Essen im Bauch haben. Aber Ensinadelo ist mit der Gabe geboren. Er kam damit zur Welt. Als er noch ein Baby war, ein kleines Krabbelkind, hat er einmal einen Kranken berührt und ihn geheilt. Als er dann älter wurde, wollte er nichts mehr damit zu tun haben. Er wolle mit der Zeit gehen, sagte er. Er glaubte nicht an seine Kräfte. Sie bewirkten überhaupt nichts, meinte er, die Heilungen hätten nur mit dem Aberglauben der unwissenden Landbevölkerung zu tun.»

Sie hatte sich nach mir umgedreht, kauerte aber immer noch auf dem Boden, eine grüne Pflanze in ihrer Faust. Der Garten war nicht symmetrisch wie englische Gärten, alles durfte wild durcheinanderwuchern, und man fragte sich, wie sie die Kräuter wiederfand, die sie gepflanzt hatte. Es gab kleine Pfade, auf denen man gehen konnte, denen aber keine Logik, kein Plan zugrunde lag, nicht einmal die Logik und der Plan eines Labyrinths. Ich konnte zwar die Pension von meinem Platz aus sehen, aber ich würde nie ohne ihre Hilfe herausfinden.

«Als er dann fortging, um zu studieren, wollte er Ingenieur werden. Weil er als Ingenieur Arbeit in Rio finden würde – als moderner Mann, der mit seiner Zeit geht. Zu was taugt die Gabe des Heilens, wenn sie heute nicht ebenso wie früher zu gebrauchen ist? Schau doch dich an, ein durch und durch modernes Mädchen, oder? Und was sagen dir die amerikanischen Ärzte?»

«Sie wissen» – ich ließ das ‹verflucht› weg – «wenig. Ein Arzt meinte, es käme von den Nerven, ein anderer sagte, ich würde zu häufig baden. Wenn ich seinen Anweisungen folgen würde, würde ich bald gegen den Wind stinken.»

Sie lachte und stand auf.

«Gehen wir zurück, ich zeige dir, wie man den Tee kocht», sagte sie. «Es ist alles innerlich. Es kommt alles von innen. Wir setzen ihn mit Kaktuswasser auf, aber normales Wasser tut's auch.»

Ich folgte ihr. Sie trug flache, praktische Schuhe, die Muskeln ihres Hinterns wogten beim Gehen; ihre Schultern tanzten.

«Er brauchte sie nur zu berühren, um sie zu heilen», sagte sie. «Manchmal mußte er sich nicht einmal darauf konzentrieren – es reichte, wenn er sie berührte. Und wenn in einer Menge einer auf ihn geschubst wurde, wenn er zufällig mit einem in Berührung kam, der irgendein Leiden hatte, heilte er ihn. Wie kann er behaupten, es sei der Glauben dieser Leute, sie wußten doch überhaupt nichts davon!»

Er hat meinen Rücken berührt, als wir miteinander geschlafen haben, dachte ich, und er ist immer noch ...

«Aber inzwischen», fuhr sie fort, «könnte er wahrscheinlich keine Fliege mehr heilen. Das passiert einem, wenn man eine Kraft hat und sich weigert, sie zu gebrauchen – man verliert sie.»

Wollte sie damit sagen, sie wisse ...

«Wenn er sich ihnen wieder zuwenden würde, bekäme er seine Heilkräfte wahrscheinlich zurück. Aber es wäre nicht mehr so leicht für ihn wie früher – eher wie das Jüngste Gericht.»

Ich stand in der Küche, als sie die Pflanze in kochendes Wasser warf, den Topf vom Herd nahm und mir etwas eingoß. Das, was übrig war, ließ sie in der Sonne liegen, um Sonnentee daraus zu machen. Sie trank selbst ein wenig davon, denn der Tee sei auch für andere Dinge gut, sagte sie, sowohl bei geistigen als auch bei körperlichen Schwierigkeiten.

«Für mich ist das Heilen ein Hobby, ich habe nur eine lockere Beziehung dazu, aber er – was für *curandero* hätte er sein können!»

Sie schwieg.

«Ich habe auch ein empfängnisverhütendes Kraut», sagte sie. «Deshalb gibt es nur Ensinadelo.»

Ich sagte nichts.

«Weißt du, am Anfang hatte ich richtig Angst vor ihm. Ein kleines Kind, und schon solche Kräfte! Ich war ein junges Mädchen und verstand nicht viel. Ich war nicht unwissend, aber ich verstand zuwenig.»

Ich schwieg.

«Meinst du, du könntest es gebrauchen?»

«Mehr Verständnis?»

Sie lachte. «Dieses andere Kraut!»

«Nein», sagte ich etwas zu schnell. Ich konnte mit älteren Frauen nicht frei über diese Dinge reden, obwohl wir alle wissen, «wo die Austern wachsen», wie ich eine Fischersfrau einmal sagen hörte; unter Jüngeren und Gleichaltrigen war ich viel kühner.

«Ich sehe doch wie eine erwachsene Frau aus, oder?» fragte sie. «Glaubst du, ich denke, es ist nur eine lockere Beziehung?»

Ich lachte. «Alles ist klar. Es ist für alles gesorgt», sagte ich und versuchte, scherzhaft zu klingen. «Ich gehe nie ungewappnet aus dem Haus», und grinste kabarettreif.

Sie trank in kleinen Schlucken ihren Tee.

«Hier haben schon viele Frauen gewohnt», sagte sie nach einer kurzen Pause. «Dich mag ich am liebsten, aber auch die anderen glupschten ihn immer an, sobald er auftauchte, und er sandte ihnen Blicke zu ... Liebespfeile.» Sie studierte mich.

«Ich weiß», sagte ich. «Ich habe es mir gedacht.»

«Zuerst immer diese flirtenden Blicke», sagte sie. «Und dann reisen sie ganz plötzlich ab.»

Ich sagte nichts. Ich spürte, wie es in mir rumorte. Ich rutschte auf meinem Stuhl hin und her, blieb aber sitzen.

«Du hast am längsten standgehalten.»

«Ich halte gar nicht stand.»

«Wenn er nicht weggerannt wäre und versucht hätte, ein anderes Leben zu leben, das nicht für ihn bestimmt war ... vielleicht gehörst du einfach zu der komischen Sorte, oder vielleicht hat es mit deinem eigenen kleinen Leiden zu tun ... ich hab dich auf jeden Fall gern ... tut sich schon was?»

«Wo?»

«In deinem Bauch?»

«Es rumort.»

«You better run, girl.» Sie sang den amerikanischen Rock-Song.

Mein Lachen war auf einmal so unbezähmbar wie mein Schließmuskel.

Als ich zurückkam, gebadet und umgezogen, meinte sie: «Das ist nur beim erstenmal so, wenn alles rauskommt. Danach hat es nicht mehr diese Wirkung. Du kannst dann deinen Tee immer und überall trinken, aus einer Thermosflasche. Ich trockne dir welchen, zum Mitnehmen.»

«Wenn ich nicht mehr standhalte?» fragte ich.

«Keine Sorge», sagte sie und kratzte sich am Hals. «Ich weiß, du bist nicht wie die anderen, du reist nicht wegen *ihm* ab, du gehst wegen dir selbst. Du würdest auch gehen, wenn er ein ganz gewöhnlicher Fremder wäre.»

«Mann», sagte ich.

Sie saugte an ihren Zähnen. «Ja – selbst wenn er ein ganz alltäglicher Mann wäre.»

32

Ensinadelo (Ensinanço) und ich zogen die Liegestühle in die Sonne. Die Luft war klar. Ich fragte mich, ob er an seinen weißen Beinen nicht Sonnenbrand kriegen würde; ich rieb sie ihm mit Vaseline und Kokosöl ein. Er hatte zum erstenmal in seinem Leben gewagt, eine Badehose anzuziehen. Natürlich glotzten die Leute. Sie sperrten Mund und Augen auf. Aber das war zu erwarten gewesen. Ich konnte die einzelnen Nationalitäten an ihrer Art zu starren bestimmen. Die Amerikaner waren die ersten, die glotzten, einfach stehenblieben und glotzten. Ein Amerikaner fotografierte ihn sogar (nicht aus nächster Nähe natürlich, sondern aus sicherer Entfernung); er machte mehrere Fotos und kam dann noch einmal zurück, um ein weiteres zu machen. Die Engländer schauten einmal hin, und damit hatte es sich. Die Franzosen schauten ihn sich fassungslos und fasziniert an, taten aber so, als würden sie nicht hinschauen. Die Schweden schauten, kamen zu uns herüber und sprachen ganz locker darüber. Die Deutschen schauten, taten aber auch so, als würden sie nicht hinschauen; außerdem versuchten sie den Anschein zu erwecken, es sei überhaupt nichts dabei, er sei ein Mensch wie jeder andere; sein Bauch hätte eine Blechtrommel sein können, sie hätten immer noch so getan, als wäre er genauso wie sie. In ihren Hotels vermerkten sie es jedoch in ihren Notizbüchern, voller Furcht und Sorge, daß es ein so fremdartiges Wesen auf der Welt gab, und fragten sich, ob die Gene im unteren Teil seines Körpers anders seien als im oberen. Die Italiener kamen zu uns herüber und schüttelten uns die Hand. Seine brasilianischen Landsleute zeigten sämtliche erwähnten Reaktionen. Einige der Katholiken bekreuzigten sich. Sein Favorit war der Mann, der Fotos machte. Ensinadelo war auf ihn zugegangen, als er zum zweitenmal auftauchte, aber der Mann dachte wohl, er würde tätlich werden, und rannte davon. Dabei wollte er ihn nur um ein Foto von sich bitten. Er war noch nie auf die Idee gekommen, sich fotografieren zu lassen, um zu sehen, wie er für andere aussah.

«Ich muß ein richtiges Monster sein.»

«Ein Monster? Du bist ein gutaussehender Mann. Du hast mir erzählt, wie verblüfft und erschrocken die Frauen immer sind. In Wirklichkeit bist du bisher immer vor dir selbst erschrocken.»

«Ich weiß, meine Mutter hat dir den Unsinn von meinen Heilkräften erzählt. Einmal habe ich es noch probiert, bevor ich es aufgab. Als die Sache passierte, habe ich versucht, mich selbst zu heilen.»

«Aber du hast es nicht geschafft.»

«Nein.»

«Und weil du dich selbst nicht heilen kannst, bist du entschlossen, auch niemand anders zu heilen.»

«Das Ganze ist doch nur Bluff. Es hat nichts mit der Welt von heute zu tun, in der es Laserstrahlen gibt und Leute auf dem Mond landen.»

Ich rieb meine Knie mit Vaseline ein, dann ging ich in den Lotussitz.

«Reiner Aberglaube, das Ganze.»

«Wenn Glaube hilft, dann kann er kein Aberglaube sein. Wenigstens sehe ich das so.»

«Wie ihr Amerikaner alle.»

«Wie meinst du das?»

«Eure große Philosophie, die einzige, die ihr der Welt anzubieten habt, besteht in einem Satz: Gut ist, was wirkt.»

«Was wirkt, kann nicht schlecht sein. Vielleicht ist, was wirkt, nicht das einzige Gute, aber wie soll man sonst entscheiden, was gut ist?»

«Es müßte noch andere Möglichkeiten geben», sagte er. Er lehnte sich auf seine schwarzen Ellbogen zurück. Die Innenseiten seiner Arme waren aschgrau. Ich nahm einen Klacks Vaseline und verrieb ihn.

«Die Mona Lisa zum Beispiel nützt niemandem, sie ist aber trotzdem gut.»

Er argumentierte gegen mich, aber nun ging er von einem andern Begriff von Wirkung aus. Aber vielleicht gibt es nur einen einzigen.

«Ich bin mir nicht so sicher bei der Mona Lisa.»

Er sah mich von der Seite an. «Wieso nicht?»

«Ich glaube, die Mona Lisa wirkt. Ganz sicher wirkt und nützt sie.»

«Wie meinst du das?» Er zog die Augenbrauen hoch, auf der Hut.

«Denk mal an all die Gaffer. Du hast doch gewirkt, oder? Verflucht stark hast du auf sie gewirkt.»

Er zuckte mit den Schultern, lehnte sich zurück und betrachtete die Gaffer. Ich bin sicher, sie wußten nicht, ob er nun lächelte oder spöttisch grinste, denn ich wußte es auch nicht.

«Eins ist mal sicher», sagte ich, als wir die Handtücher und Sonnencremes aufsammelten und zurückgingen, «dieses Weib hier hat gewirkt.»

«Was soll das heißen? Übrigens mag ich es nicht, wenn man eine Frau so nennt.»

«Ich auch nicht.»

«Warum sagst du es dann?»

«Weil ich es zu oft gehört habe.»

«Na gut. Aber was wolltest du sagen?»

«Ich meinte nur, als sie sich an dir sattgesehen hatten, starrten sie mich an und rätselten herum.»

«Und an was?»

«Was für eine Frau ich wohl sein mag.»

«Weil du mit mir zusammen bist?»

«Ja, das, und ob ich vielleicht auch etwas verberge, vielleicht etwas noch Verblüffenderes.»

«Was könntest du denn verbergen? Für meine Begriffe hast du so ziemlich alles gezeigt, was man zeigen kann.»

«Nicht mal du hast schon alles gesehen, mein Lieber.»

«Dann zeig es mir.»

«Das ist der andere Satz der amerikanischen Philosophie», sagte ich.

Er wartete. Später meinte er, ich sei voller flapsiger Pointen, und das sei eine weitere amerikanische Eigenart. Seiner Meinung nach war ich gespickt mit diesen kleinen, typisch amerikanischen Eigenarten – wie ein Schokoladeigel mit Mandeln. Amerika selbst sei in den Augen Lateinamerikas die komischste aller Pointen.

«Ist dir aufgefallen, daß die Amerikaner am meisten gafften?» fragte ich.

«Ja.»

«Und trotzdem waren sie diejenigen, die am wenigsten glaubten, was sie sahen. Du könntest dich bis zum Jüngsten Gericht vor ihnen zur Schau stellen, und du müßtest ihnen immer noch beweisen, daß du wirklich existierst.»

«Red nicht soviel, sondern komm und zeig mir was. Du brauchst es mir nicht bis zum Jüngsten Gericht zeigen, nur *all night long, baby*.»

«Dafür, daß ihr immer über die Amerikaner herzieht, kennt ihr die Texte von erstaunlich vielen amerikanischen Blues- und Rock-Songs, du und deine Mama.»

Er machte ein Gesicht, als verstünde er nicht, was ich meinte. Aber ich bemerkte ein leichtes Zucken, als ich seine Mama erwähnte.

33

Ich kann mich nicht an ihre Namen erinnern: Alexandro, Arturo, Christophe, Joaquim? Clara, Cristina, Dominica, Victoria? Ich werde sie einfach Joaquim und Victoria nennen.

«Das ist Joaquim und seine Freundin Victoria.»

«Das ist meine Freundin aus den Staaten.»

«Sie sind aus den Staaten? Ich war auch mal in den Staaten, in Chicago, kennen Sie Chicago?» fragte Joaquim.

«Wer kennt Chicago nicht?» sagte Victoria. «Als er wieder zurückkam, sagte er zu allen ‹Mann›, sogar zu mir.» Sie kicherte.

«Aus welcher Gegend kommen Sie?» fragte Joaquim.

«Aus Ohio.»

«Ist das ein Staat?»

«Klar, jeder kennt doch Cincinnati», sagte Victoria. «Das ist in Ohio.»

«Steig bloß von deinem hohen Roß herunter.»

«Das hat er auch mitgebracht. Ich kann kein Wort sagen, ohne daß ich auf meinem hohen Roß sitze. Er reitet seines die ganze Zeit.»

«Alle meinten, ich würde mich in Chicago verirren. Habe ich aber nicht.»

«Mir hast du erzählt, du hättest dich verirrt.»

«Ja, schon, aber sie haben mich wiedergefunden, also zählt das nicht. Aber nehmen Sie mal unser Land. Es bietet auch viele Möglichkeiten, groß wie es ist. Aber hier gibt es Gegenden, wo man nie wiedergefunden wird, wenn man sich verirrt. Da sollte man besser nicht Versteck spielen, sonst ist und bleibt man verschwunden.»

Dünner Schnurrbart, dichtes schwarzes Haar. Der klassische Bösewicht, wie er in jedem Film, den ich gesehen habe, auftaucht. Ich bekomme heraus, daß er der Sohn des Spiegelfabrikanten ist, bei dem Ensinança einen Sommer lang gearbeitet hat.

«Ich habe mich sogar mal in New York verirrt, und sie haben mich wiedergefunden. Wenn dir das hier passiert, dann verschwindest du für immer.»

«In Rio kann man auch verschwinden», sagte seine Freundin.

«In Rio kann man sich verirren, selbst wenn man weiß, wo man ist.» Er lachte. «Aber bei Ens sind Sie in guten Händen. Ens, Mann, ich denke dran, selbst ein Unternehmen aufzuziehen.»

«Na prima.»

«Ja, ich gründe selbst ein Unternehmen.» Er schaute mich an. «Ich bin viel herumgekommen, aber die Menschen sind überall gleich. Das lernt man dabei.» Er streichelte meine Hand.

«Er meint es nicht böse», sagte seine Freundin. «Quim, du bringst sie in Verlegenheit, und Ensinanço ist auch nicht gerade erbaut.»

«Ens, du machst immer aus einer Maus einen Elefanten. Wenn du streiten willst, brauchst du eine solide Basis, das heißt, du mußt wissen, worum der Streit gehen soll. Laß mir die Hand dieser Frau. Erlaube mir, sie zu streicheln. Ich möchte ihr nur etwas klarmachen: Sie soll sich in Brasilien besser nicht verirren, weil man sie hier nämlich nie wiederfindet.»

«Das hast du ihr schon klargemacht.»

«Und wenn du dich aufregst, dann reg dich *über* etwas auf.»

«Also, das wäre geklärt», sagte das Mädchen. Sie nahm Joaquims Hand von meiner und hielt sie fest.

«Schon wieder auf dem hohen Roß. Ich werde bald selbst ein Unternehmen aufziehen, Ens, Mann.»

«Das erzählst du Ens jedes Jahr.»

«Ich spiele mit dem Gedanken, klar. Es ist nicht nur Gerede. Mein Alter hat mit nichts angefangen.»

«Ich habe das nie geglaubt», sagte das Mädchen. «Irgendeine Grundlage muß da sein. Von nichts kommt nichts.»

«Mein Vater hat aber mit nichts angefangen. Ich bin elastisch genug, ich brauche mich nur zu strecken.»

«Dann gibt es dünne Stellen.»

«Hört sie euch an! Geh doch nach Rio.»

«Ich wollte sagen, du solltest das, was du hast, vermehren.»

«Geh nach Rio.»

Seine Freundin schaute mich an. «Er ist im Grunde ganz nett.»

«Waren Sie schon einmal in einer Spiegelfabrik?» Er streichelte wieder meine Hand.

«Nein.»

«In einer Spiegelfabrik zu arbeiten ist gar nicht so schlecht, wenn es einen nicht stört, jeden Tag sich selbst in die Augen zu sehen.» Er legte den Kopf zurück und horchte auf die Musik. Auf der Tanzfläche tanzten mehrere Paare.

«Tanzen Sie Samba?» fragte er. «Oder was die da gerade tanzen.

Ich weiß nie, was sie gerade tanzen, ich probier's einfach immer mit einem Samba.»

«Wie alle», sagte seine Freundin. «Komm, ich tanze Samba mit dir, falls ich's noch kann.»

Als sie auf der Tanzfläche waren, stand Ensinanço auf.

«Komm», sagte er.

«Sollten wir nicht auf sie warten? Aus Höflichkeit?»

«Ich *bin* höflich», sagte er und führte mich zwischen den Tanzenden hindurch.

Man braucht immer mal wieder ein bißchen Lokalkolorit, nicht?

34

Encoberta untersuchte meinen Rücken. Die Krokodilshaut war abgeheilt. Sie ist seitdem wiedergekommen, aber damals war sie völlig verschwunden. Ich hatte noch nie eine mystische Ader, aber in diesem Fall wußte ich wirklich nicht, ob ihre Heilkräuter das bewirkt hatten oder seine zärtlichen Berührungen in der Nacht zuvor.

«Oh, das hat aber gründlich gewirkt, nicht?» rief sie, die Hände auf meinem nackten Rücken. Sie hatte einen Spiegel auf den Tisch gestellt und einen andern gegen meinen Rücken gehalten, damit ich sehen konnte, wie glatt und makellos er war. «Wir haben so viele Spiegel, daß wir nicht mehr wissen, wohin damit.»

Und es hatte tadellos gewirkt – ich hatte wieder eine Haut so zart und makellos wie die eines Neugeborenen.

«Ich fülle dir ein Säckchen damit, es hilft auch bei Magenbeschwerden, Frauenleiden, Darmträgheit.»

«Die Wirkung habe ich bereits kennengelernt!» rief ich.

Sie lachte und hielt mir die Bluse zum Hineinschlüpfen hin. Sie kaute etwas, das ich immer für Kaugummi gehalten hatte, bis ich entdeckte, daß es roher Kaktus war. In ihrer Tasche steckten in Zellophanpapier eingewickelte Kaktusstückchen, von denen sie sich hin und wieder eines in den Mund schob.

Ich beobachtete sie in dem Spiegel, der auf dem Tisch stand. Ich schaute mich selbst an und blickte wieder weg. «Ich werde bald abreisen», sagte ich.

«Zuerst habe ich das erwartet, nachdem wir aber miteinander gesprochen hatten, dachte ich, ich hätte mich vielleicht doch getäuscht; ich dachte, vielleicht bist du doch nicht die Rastlose, die immer ihren eigenen Weg geht – wenn ich ‹rastlos› sage, dann meine ich das in einem guten Sinn. Vielleicht bist du tatsächlich gekommen, um bei ihm zu bleiben, dachte ich, die Frau, die ihm Zuflucht bieten, ihn vor der Strafe des Himmels retten könnte. Vielleicht, dachte ich, bist du gekommen, um ihn zu retten. Und ich fing an zu denken, daß Liebe ihn vielleicht retten könnte – eine außergewöhnliche Liebe, verstehst du. Aber jetzt sehe ich, daß er sich selbst retten muß.

Er und seine moderne Welt – er ist in ihr wie Jonas in dem Wal. Rennt weg und versucht, dem Schicksal, das ihm der Himmel bestimmt hat, zu entfliehen, und so kommt es zu dem Fluch. Er lacht nur, wenn er mich reden hört. Ich bin kein törichtes Bauernmädchen, wie er sich das gern einredet. Ich habe in Rio gelebt, bevor er geboren wurde; ich war mit Leuten von ganz oben und von ganz unten zusammen und mit denen, die sich im Zickzack nach oben durchkämpften. Ich kenne dieses Land wie meine Hosentasche, und ich habe weder vor seiner Hitze noch vor seiner Kälte Angst.»

Sie schluckte das Kaktusstückchen und schob ein neues in den Mund.

«Ich sage ihm, es ist die Strafe des Himmels, aber ich weiß nicht, ob das stimmt. Ich weiß nur, was ich sehe. Und ich sehe, daß seine obere Hälfte schwarz und seine untere Hälfte weiß ist. Aber nur das, was man sieht, hilft einem noch nicht, sich selbst zu heilen. Was sieht man schon, wenn man vor einem Ipekakuanha-Strauch steht – wächst da ganz unauffällig wie jede andere von Gott erschaffene Pflanze, aber kaum hat man was davon in sich, ist es das reinste Wunder!»

Ich hatte meine Bluse noch nicht zugeknöpft; mit den Ellbogen auf dem Küchentisch hörte ich ihr zu. Sie kam zu mir herüber, knöpfte mir die Bluse zu; dann ging sie zur Anrichte und begann Fleisch und Gemüse zu schneiden. Der Duft von Knoblauch und Paprika erfüllte den Raum.

«Und wenn es stimmt, konfrontierst du dich am besten nicht mit seinem Schicksal. Dann ist es das beste, du fliehst.»

«Ich bin ein störrisches schwarzes Mädchen», sagte ich. «Wenn du es so hinstellst, als würde ich vor ihm wegrennen, dann bleibe ich womöglich.»

Sie schüttelte energisch den Kopf, während sie auf das Rindfleisch einhackte. «Nein, du rennst nicht vor ihm weg», sagte sie. Plötzlich wandte sie sich nach mir um, das Messer in der Hand.

Wie jeder Autor versuchte ich, den Konflikt der Szene aufzulösen. «Also renne ich vor *dir* weg?» fragte ich.

Sie blickte an sich herunter, sah das Messer, das Rinderblut auf ihrer Schürze. Sie lachte. Ich lachte.

«Nein», sagte sie. «Wir laufen alle nur uns selbst nach. Auch wenn es so aussieht, als rührte ich mich nicht vom Fleck – ich laufe auch nur Encoberta nach.»

«Und wenn du uns über den Weg läufst, sollten wir besser aufpassen!»

«Stimmt», sagte sie mit wieder erhobenem Messer und auf- und abtanzenden Schultern. Sie hörte auf zu lachen und starrte mich einen Augenblick lang an. Ich fühlte mich so durchsichtig wie Luft. Ich dachte, sie würde über mich reden, aber das tat sie nicht.

«Weißt du, während der Kolonialzeit gab es keine Gasthäuser. Kein einziges im ganzen Land. Reisende brauchten Empfehlungsschreiben, wenn sie jemand waren, und wohnten in den großen, prächtigen Häusern; aber es gab nicht wie in Europa Unterkünfte, in denen jeder übernachten konnte. So hab ich es zumindest gehört. Wir hatten hier einmal einen Mann wohnen, einen Historiker, der an einer Geschichte Brasiliens arbeitete. Der wußte mehr über mein Land als ich. Er wollte den Dingen auf den Grund gehen, bevor er sein Buch schrieb. In sämtlichen Ländern hatte er die größeren Bibliotheken aufgesucht und mit Leuten gesprochen, die ihm etwas über Brasilien erzählen konnten, das heißt, er war beinahe überall gewesen. Brasilien selbst sei seine letzte Station, sagte er. Ich fand es seltsam, daß es seine letzte und nicht seine erste Station war. Er war enttäuscht, denn er hatte das Gefühl, er wäre immer noch nicht bis zur Wahrheit vorgestoßen. Ich weiß nicht, warum ich gerade darüber rede. Vielleicht, weil die Leute immer *eine* große Wahrheit suchen, während es nur viele kleine Wahrheiten gibt. – Die Sache mit den Gasthäusern war jedenfalls sehr interessant, da ich ja selbst eins habe. War man ein Niemand, dann schlief man wohl einfach unter den Bäumen. Und wenn sie bleiben wollten, bauten sich die Leute ihre eigenen Häuser.

… Dieses Gasthaus war einmal eines der großen alten Herrenhäuser. Wir haben es renoviert, Strom- und Wasserleitungen gelegt, es modernisiert. Sein Vater und ich. Sein Vater ist halb schwarz und halb Tupi-Indianer. *Cafuso* nennt man die, sagte mir der Historiker – für mich klingt das wie konfus. Er ist immer irgendwo unterwegs, als wäre man ihm auf den Fersen, und wenn es ihm gerade in den Kram paßt, taucht er wieder hier auf. Ich – ich bleibe, wo ich bin. Ich bin wie eine Pflanze. Nein, wie eine Wurzel. Valerio – so heißt sein Vater – ist auch wie eine Wurzel, allerdings wie eine dieser Zauberwurzeln, die sich selbst aus der Erde ziehen und einen neuen Platz suchen können. Früher war ich auch immer überall, aber inzwischen mag ich meine vertraute Umgebung, und sie mag mich. Ich hab meinen Garten mit den Heilkräutern hinterm Haus. Ensinanço betrachte ich aber nicht als Wurzel. Er wird sich wohl in Rio niederlassen, wenn er sein Ingenieurbüro einrichtet, und ab und zu hierherkommen, wie er das schon immer getan hat. Er ist keine Wurzel, und wenn er eine Pflanze ist, dann kenne ich die Art nicht. Er glaubt zwar, er wüßte, in welche Richtung er wachsen möchte. Man kann aber nur in die Höhe wachsen, wenn man zugleich auch innerlich wächst.»

Als ich Ensinanço sagte, daß ich abreisen würde, hatten wir uns gerade geliebt und aßen in unseren Korbsesseln Clementinen und frische Kokosnuß. Wir tauchten die ganze Hand in die Kokosnußhälften und fütterten einander.

«Du kommst wieder», sagte er nur.

«Ich glaube nicht.»

«Doch, du kommst wieder», sagte er. Er steckte mir einen Kokosnußfinger in den Mund. Ich leckte seinen Finger ab. «Hier ist jedenfalls immer Platz für dich. Wenn du wiederkommst, habe ich mein Ingenieurbüro und ein eigenes Haus.»

«Angenommen, sie hat recht, angenommen, du würdest dich doch entscheiden, *curandero* zu werden, und das da würde heilen, und du wärst wieder ganz schwarz?»

Er faßte tief in die Kokosnuß, fütterte sich selbst. «Ich glaub nicht daran», sagte er. «Ich streichle jedenfalls dem Stier lieber die Hörner.»

«Man packt ihn bei den Hörnern.»

«In Brasilien streicheln wir ihm die Hörner.» Er wartete auf meine abschließende Pointe.

35

Ich kehre also wieder zu Catherine und Ernest zurück, um dem Stier die Hörner zu streicheln oder die Eier – wie Sie wollen.

36

«Ich bin nicht sehr gesprächig», sagt der Stuhlflechter. «Ich rede nicht, nur um zu reden. Wenn ich rede, dann kommen die Worte entweder aus dem Herzen oder aus den Zähnen.»

Ich stehe da und schaue ihm bei der Arbeit zu. Manche Stühle sehen so aus, als kämen sie vom Herzen, andere, als kämen sie von den Zähnen. Ich bin schon drauf und dran, zwei, die vom Herzen kommen, zu kaufen, entscheide mich aber um und kaufe für Ernest einen vom Herzen und für Catherine einen von den Zähnen. Ich kann mich nicht entscheiden, was für einen ich für mich kaufen soll. Entscheiden Sie.

37

«Ich spreche nie über die Teufel, niemals», sagt Encoberta.

Wir sitzen am Küchentisch und trinken Ipekakuanha-Tee. Mein Gepäck steht zu meinen Füßen. Ensinanço ist sich einen Wagen leihen gegangen, um mich dann zum Flughafen zu fahren.

«Nie. Wenn man über Teufel spricht, tauchen sie auf. Ich spreche nur über Engel.»

«Und tauchen sie auf?»

«Nein, aber manchmal höre ich das Schlagen ihrer Flügel.»

Sie legte einen Beutel mit dem getrockneten Heilkraut in die Seitentasche meines Köfferchens.

«Hast du das Gefühl, du hättest deine Zeit mit ihm vergeudet?» fragte sie plötzlich mit den Augen eines Eichhörnchens.

«Nein», sagte ich schärfer, als ich beabsichtigt hatte.

Sie ließ sich nicht abschrecken. «Manchmal sollte eine Frau auch das Gras unter ihren Füßen wachsen lassen.»

«Auf Gras rutsche ich immer aus.»

Wie hieß noch das amerikanische Sprichwort? Ein Stein, der rollt, setzt kein Moos an. Ich wette, wenn man ihn unterm Mikroskop betrachtete, würde man doch Spuren davon finden. All diese Redewendungen – in einer Sprache sind sie Klischees und in einer anderen pulsend lebendig. Wie zum Beispiel der walisische Ausdruck *Es regnet Hexen und Besen* für *Es regnet Bindfäden.*

Wir hörten Ensinanços Schritte und verstummten, als er in die Küche kam.

«Habt ihr beiden über mich gesprochen?» fragte er.

Encoberta blinzelte mir zu. «Also du bist aufgetaucht!»

Sie sprang von ihrem Stuhl auf und nahm meine Reisetasche. Ensinança nahm den Koffer, und wir gingen hinaus.

Ich saß schweigend in dem Jeep.

«Als ich dich kennenlernte», sagte er, «dachte ich, für eine Amerikanerin seist du zu still. Ich dachte, Amerikanerinnen würden immer nur plappern. Ich dachte, sie bestünden aus nichts als Geplapper.»

Ich lachte, lehnte mich zu ihm hinüber und küßte ihn auf die Wange.

Die Straße war links und rechts mit Bäumen bestanden.

«Sind das die Bäume, die Öl enthalten, wie nennt man sie?»

«Ich weiß nicht, wie sie heißen. Aber man zapft sie an wie die Ahornbäume und gewinnt Sirup.»

«Ja, ich hab in einer Zeitschrift darüber gelesen. Eine Frau hatte keinen Sprit mehr, sie nahm also ihren Kanister, marschierte zu einem dieser Bäume, füllte ihn und schaffte es damit bis nach Hause. Nennen wir sie einfach Tankstellenbäume.»

«Einverstanden», sagte er versonnen, als würde er gar nicht richtig zuhören.

«Ich wette, es gibt hier viele natürliche Rohstoffe, die ihr noch nicht entdeckt habt.»

Nun bestand auch ich nur noch aus Geplapper, ich war so zappelig, als krabbelten Ameisen an meinen Beinen hoch.

«Bis dann», sagte ich und streckte die Hand aus, schon im Begriff, zu meinem Flugzeug zu rennen.

Er schaute mich an, als wäre ich eine Verrückte. Er packte mich an den Schultern, zog mich an sich und küßte mich.

«Denk an mich wie an einen dieser Tankstellenbäume», sagte er, drehte sich um und ging schnell zum Jeep zurück.

Ich dachte an all die Leute, die ihn sahen und doch nicht sahen.

Vom Jeep aus winkte er mir nicht mehr zu, er nickte nur und bog in die Straße ein.

38

«Sie sind mit Catherine Shuger befreundet, nicht?»

Ich stand an der Kosmetiktheke des Kaufhauses Hudson im Zentrum von Detroit.

«Ja.»

Sie nahm mich am Ellbogen und führte mich etwas weg von der Theke, an der ich Parfums von Charles of the Ritz ausprobiert hatte.

«Ist sie nicht wieder eingeliefert worden? Hat ihr Mann sie nicht wieder eingeliefert?»

Catherine war zum Wochenende herausgekommen, aber Ernest würde sie am Montag nach Ann Arbor zurückbringen. Ich war von Madagaskar angeflogen, wo ich an einem Reisebuch arbeitete, um mit ihnen das Wochenende zu verbringen, aber ich wollte mit dieser Frau nicht über meine Freunde sprechen. Es war eine attraktive junge Frau in einer Jacke aus Fuchspelz, einem wadenlangen Rock und italienischen Stiefeln. Eigentlich sah sie gar nicht aus wie eine neugierige Klatschtante. Ich fragte mich, was sie tragen würde, wenn sie die Füchse selbst fangen müßte.

«Stimmt das, was man so hört? Daß er jedes Wochenende hinfährt und sie abholt und sie jedes Wochenende versucht, ihn umzubringen? Stimmt das wirklich?»

«Ich habe gehört, einmal im Monat», sagte ich.

«Sie wollen sagen, Sie wissen es auch nicht? Sind Sie nicht eine nahe Freundin?»

«Von ihm oder von ihr?»

Ihr Unterkiefer klappte herunter. Sie faßte sich wieder. Ihre Finger massierten ihren Hals. «Von beiden, nehme ich an.»

«Sie lassen mich nicht allzu nah ran», sagte ich.

Ihre andere Hand lag noch immer auf meinem Ellbogen. Eine sehr beharrliche Hand.

«Nun erzählen Sie schon, wie das so läuft. Wie läuft das bei denen? Es muß ganz schön wild sein.»

«Ich muß gehen», sagte ich.

Beide Hände massierten nun ihren Nacken, eine rutschte jedoch auf ihre Hüften, und die andere spielte mit dem Pelz ihrer Jacke. «Sie gibt wohl keine Interviews?» fragte sie, beide Hände nun auf den Hüften.

«Oh, Sie sind Journalistin? Das erklärt alles.»

«Ich habe versucht, für die *Detroit Free Press* über sie zu schreiben. Sie wollte aber nicht mit mir sprechen, und ihr Mann auch nicht. Und nun wollen Sie nicht mit mir sprechen. Wie heißen Sie eigentlich?»

«Buck Mulligan.»

«Ein komischer Name für eine Frau. Ach, Sie nehmen mich auf den Arm. Nein, das ist nicht Ihr Name. Ich erinnere mich an Sie. Als ich Sie mit den beiden zusammen sah und Ihnen gefolgt bin, dachte ich, ich hätte Sie schon mal gesehen. Sie kamen mir bekannt vor. Sie sind diese Wordlaw, diese Schriftstellerin. Sie haben seit Jahren keinen Roman mehr geschrieben. Ich habe versucht, eines von Ihren Reisebüchern zu lesen, aber ich hab's nicht geschafft – ein Monster von einem Buch. Ich wollte Sie schon immer einmal fragen, welcher Unterschied für Sie zwischen Pornographie und … Hören Sie, ich könnte auch über Sie was schreiben. Es wäre ein Vergnügen für mich, wir haben schon seit Jahren nichts Saftiges mehr von Ihnen gekriegt!»

«Nein, danke.»

«Warum nicht?»

«Ich gebe ebenfalls keine Interviews.»

«Warum nicht?»

«Auf Wiedersehen.» Ich trat den Rückzug an.

«Sie können sich auf mich verlassen.»

Ich schwieg.

«An was arbeiten Sie eigentlich im Augenblick? Hoffentlich nicht wieder an einem von diesen *Sommer in New Hampshire*-Büchern. Wir erwarten was Saftiges von Ihnen, meine Liebe!»

«Auf Wiedersehen», sagte ich noch einmal.

«Na gut, wie Sie wollen.»

Ich ging zum Kosmetikstand zurück, um ein Eau de Cologne auszuprobieren. Als ich mich umblickte, sah ich, daß die Frau mich noch immer beobachtete; sie lehnte an einem Kleiderständer, den kleinen Finger ins Kinn gebohrt. Ich fragte mich wieder, was sie wohl tragen würde, wenn sie die Füchse selber fangen müßte. Aber sie sah so aus, als sei sie wohl imstande, mit Pelztieren fertig zu werden.

Als ich die Tür öffne, steht Catherine über Ernest; sie hat eine Glasskulptur in der Hand und setzt eben an, sie ihm über den Hinterkopf zu schlagen. Ich schreie, und er springt auf. Das Glas kracht gegen die Lehne des gelben Ledersessels. Ernest und ich stehen da und beobachten Catherine, deren Hand in die Scherben geraten ist; sie blutet. Catherine lutscht an ihren Fingern. «Haben wir kein Quecksilber?» fragt sie.

«Du meinst Quecksilbercyanid», sagt Ernest. «Quecksilber ist giftig.»

Ernest verbindet ihr die Hand, während ich die Glasscherben beseitige. Die Skulptur war zu groß zum Verstecken. Es gab nur eine Möglichkeit – er mußte zugelassen haben, daß sie ins Haus kam.

Als Ernest geht, frage ich sie: «Wie kam dieses Ding ins Haus?»

«Jemand hat sie mir geschickt», sagt sie. «Ich mußte unterschreiben und alles. Es war sogar ein Eilpaket. Erinnerst du dich noch an meine transparente Phase?»

«Wie bitte?»

«Oh, da kanntest du mich noch nicht, als ich meine transparente Phase hatte. Ich machte nur Plastiken, durch die man durchsehen konnte. Als ich noch Glas, das heißt Sicherheitsglas benutzen konnte – dann mußte ich zu Plexiglas übergehen. Damals hättest du mich kennen sollen. Irgend jemand hat sich daran erinnert. Aber sag mal, wie giftig ist es?»

Ich versuche mir vorzustellen, wer wohl so etwas ausgeheckt haben konnte.

Sie starrt auf ihre bandagierte Hand. «Wo ist Ern?»

«Weggegangen.»

«Ich habe überhaupt nicht gemerkt, daß er gegangen ist. Wohin wollte er denn?»

«Keine Ahnung. An die frische Luft.»

Ich versuche, mich zu beherrschen. Ich habe mich mit ihnen eingelassen. Ich hänge auch mit drin.

«Ist Quecksilber wirklich giftig?» fragt Catherine.

Derselbe Gedanke durchzuckt uns, aber wir gehen beide darüber hinweg. Ihn vergiften? Nein, das hat sie in all den Jahren noch nie versucht; laut Statistik ist es jedoch die Methode, die Frauen gewöhnlich bevorzugen. Aber Catherine ist keine gewöhnliche Frau. Und Gift ist zu einfach, zu leise, zu innerlich. Sie sucht das Spektakel, den plötzlichen Akt der Gewalt. Den Geruch von Blut. Sie ist wie jene Französin, die ich in Marseille rohes Tatar mit einem rohen Ei darauf und Pommes frites essen sah und die mich nicht verstehen konnte, als ich dem Koch sagte, ich wolle mein Fleisch ohne Blut. *Pas rouge.* Nicht rot. Durchgebraten. Ganz durch. *Well done.*

«*Well done.* Heißt das ohne Blut?»

Sie würde nichts unternehmen, was ohne Blut abging. Oder ohne Theater. Es mußte melodramatisch sein, auch wenn ich der einzige Narr im Zuschauerraum war. Immer in Erwartung des Schlußaktes. Und der Schlußakt war immer mörderisch. Wie die Frau in Marseille konnte sie sich Mord ohne Blut nicht vorstellen.

«Schlechtes Fleisch, ohne Saft. Sie nicht mögen Blut? Blut gut für Sie. Blut gut für neues Blut. Ich nicht essen Fleisch ohne Blut. Ich nicht verstehen Fleisch ohne Blut.»

39

Sie sitzt mir gegenüber und zeichnet meine Schultern – eine Skizze für eine neue Skulptur, an der sie arbeitet.

«Mach deine Bluse ein bißchen auf.»

Ich tue es.

Catherines Augen sind grün. Heute wünschte ich, sie wären dunkler. Heute sind sie für mein Gefühl nicht dunkel genug.

«Erzähl mir von dem Mann, der dich zuletzt Darling genannt hat», fordert sie mich auf.

Ich lache. «Darling hat mich noch nie einer genannt.»

«Keiner? Das kann ich nicht glauben. Jemand muß schon Darling zu dir gesagt haben. Soll ich dich Darling nennen?»

«Natürlich nicht. Sei nicht albern.»

Sie zeichnet weiter. Hält inne. Beobachtet mich. Mit Rattenaugen; Chamäleonaugen. «Ernest hat einmal Darling zu dir gesagt.»

Ich runzle die Stirn. «Er hat noch nie Darling zu mir gesagt.»

«Doch. An dem Morgen, als er uns den Korb Birnen mitgebracht hat.»

«Er hat es zu dir gesagt. Er sagte: ‹Darling, wie geht es dir?›»

«Und dann schaute er dich an und nannte dich auch Darling. Er sagte: ‹Und du, mein Darling, wie geht es dir heute?› Er nannte uns beide Darling. Siehst du – es gibt jemanden.»

Sie lehnt sich mit verschränkten Armen zurück – die grinsende Katze aus *Alice im Wunderland*. Ihr Grinsen läßt ihr ganzes Gesicht erstrahlen.

«Nein, er hat mich nicht Darling genannt. Ich erinnere mich jetzt. Er nannte mich *Puppe*. Ich weiß es ganz genau. Er nannte *dich* Darling und sagte zu mir: ‹Und dir, Puppe, wie geht's dir heute?› Er sagte ‹Puppe›.»

Catherine legt die Stirn in Falten und beugt sich wieder über ihre Skizze.

Ich erinnere mich, weil mir auffiel, daß mich noch nie jemand Puppe genannt hatte. Das war das erste Mal, daß ein Mann Puppe zu mir sagte. Und ich erinnere mich, weil ich dieses Wort für eine Frau noch nie gemocht habe; aber als er es sagte, gefiel es mir beinahe. Aber ich fühlte mich nicht wie eine Puppe, und es verwirrte mich, daß es mir beinahe gefiel. Für eine Puppe habe ich zuviel Fleisch und zuviel Blut. Frauen, die wie Puppen wirken, machen mir angst.

«Verflucht noch mal», schrie sie plötzlich und warf ihren Kohlestift auf den Boden. «Er hat Darling zu dir gesagt! Klar hat er es gesagt! Ich weiß doch, an was ich mich erinnere!»

«Catherine, du kannst dich erinnern, an was du willst. Ich erinnere mich an das, was ich gehört habe.»

Wir sitzen einander gegenüber und starren uns an wie zwei mißtrauische Füchse. Dann kichert sie. «Ich glaube, das hier wird gut.»

40

Als Ernest in die Wohnung zurückkam, machte Catherine eine Szene. «Raus!» brüllte sie, als er eintrat. «Laß mich allein mit der Frau, die mir gehört. Stör uns nicht, mich und meine Freundin.»

Weder Ernest noch ich hatten damit gerechnet. Ich starrte sie nur an, und Ernest starrte mich an. Schließlich wandte ich mich ihm zu. Er ging in die Küche und goß sich eine Tasse Kaffee ein. Ich folgte ihm.

«Ernest, glaub nicht, was sie eben gesagt hat. Zwischen uns ist nichts. Solche Geschichten laufen hier nicht.»

«Sicher, ich kenne doch Catherine», sagte er.

«Ich weiß nicht, was diesmal in sie gefahren ist. Glaub mir, zwischen uns ... Du weißt, es macht ihr Spaß, uns durch irgendwelche unmöglichen Dinge aus der Fassung zu bringen.»

«Sicher, ich weiß», sagte er.

Ich goß mir ebenfalls eine Tasse schwarzen Kaffee ein und setzte mich ihm gegenüber. Ich bebte wie ein Blatt. «Dieses Weibsstück», sagte ich und versuchte, das Ganze ins Lächerliche zu ziehen.

«Manchmal wünschte ich mir, *du würdest mir gehören*», sagte er leise, so leise, daß ich so tun konnte, als hätte ich es gehört.

«Nein, das wünschst du dir nicht», sagte ich, die Augen aufgerissen wie ein Kaninchen.

Wir sahen uns einen Augenblick lang an, dann stand ich vom Tisch auf.

Catherine war wieder in ihrem Studio und wickelte ihre Seele in Wachspapier. Ihre «Seele» nannte sie ihren Lieblingspinsel. Sie hatte angefangen, ihre Skulpturen mit kräftigen, leuchtenden Farben zu bemalen – in Türkis-, Braun- und Lilatönen.

«Die Ägypter haben ihre Skulpturen bemalt», sagte sie. «Die Farbe diente auch dazu, das Holz zu konservieren. Du kanntest mich noch nicht, als ich richtiges Holz verwenden konnte», fügte sie hinzu. «Hast du ihm die Sache erklärt?» fragte sie.

«Ja.»

«Ich weiß nicht, warum ich so etwas Schreckliches gesagt habe. Doch, ich weiß. Ich wollte, daß er das Gefühl kennt, das er mir vermittelt.»

«Was für ein Gefühl vermittelt er dir denn?»

Einmal hatte sie «klein zu sein» gesagt; vielleicht wartete sie nun mit einer anderen Geschichte auf.

«Was bist du eigentlich, mein Therapeut oder was? Warum legst du nicht ihn auf deine verfluchte Couch? Darauf bist du doch schon lange scharf, oder? Ich bin nicht taub.»

Wie konnte sie etwas gehört haben, wenn ich es kaum gehört hatte?

«Ich habe damals gehört, daß er dich Darling nannte.»

«Du hast dich *verhört* ... Du hast jedenfalls geredet und geredet. Du redest immer nur und hörst überhaupt nicht zu. Und wehe, wenn wir nicht ganz Auge und Ohr sind. Er nannte mich Puppe, und nur zum Spaß. Und es gab nichts ... Aber was soll's. Ich gehe auch.»

Nun war sie das bebende Blatt.

«Kommst du wieder?»

Sie stand mit vorgerecktem Hals da – eine Schildkröte, die aus ihrem Panzer äugt und beim Anblick ihrer Umgebung zu zittern beginnt.

«Sicher komme ich wieder, Puppe», sagte ich und ging hinaus.

41

Ein Korb mit frischen Birnen. Er stellte sie auf den Frühstückstisch und küßte Catherine auf die Stirn. «Guten Morgen, Darling.» Und zu mir: «Puppe, wie geht's dir heute?»

«Du bist ja putzmunter», sagte Catherine, mit Augen von der Farbe der Birnen. Sie nahm sich eine.

«Ich mag Birnen, wenn sie hart sind. Weiche mochte ich noch nie. Ernest mag sie matschig. Ich mag harte Birnen, harte Äpfel, harte Pfirsiche, aber man findet ganz selten einen ordentlich harten Pfirsich.»

Ernest schlug die Zeitung auf, und ich holte Brot, Marmelade und Oliven.

So habe ich es wenigstens in Erinnerung.

42

Ich starre aufs Meer, die Faust voller Sand. Catherine und ich sind zwei gestrandete Wale, von Milch und Sodacrackers fett geworden. Ich lasse den Sand durch die Fäuste rinnen. Auf der höchsten Erhebung sieht man die befestigte Kirche, in einem gefährlichen Jahrhundert gebaut, als sie ständig befürchteten, vom Meer her überfallen zu werden. Ein militärisches oder ein religiöses Bauwerk? Wenn es seinen militärischen Zweck erfüllt hatte, wurde darin gebetet. Alter, grauer Stein. Das Grau paßt, es ist doppeldeutig. An den Eingängen weiß man nie, ob man auf einen Priester oder einen Soldaten stoßen wird. Soll Catherine die Beschreibung der Architektur liefern. Für mich ist alles gotisch.

«Glaubst du, daß wir im Mittelpunkt stehen?» fragt Catherine.

«Von was?»

«Der Welt.»

Ich zucke die Achseln und lächle. Ich habe immer in dem Gefühl gelebt, mich am Rand zu befinden.

Postkarten sind übersichtlicher als Welten. Und selbst auf ihnen sollte man mein schläfriges Gesicht irgendwo am Rand suchen, halb im Schatten, aber immer wachsam.

«Hast denn du das Gefühl, im Mittelpunkt zu stehen?» frage ich.

«Man fühlt sich immer im Mittelpunkt, egal wo man ist», sagt sie.

Dann ist es für manche wohl so.

Catherine sitzt auf einem großen, trockenen Holzblock, ich sitze auf einem Sandhügel.

«Meinst du, du gehst je wieder zu deinem Mann, deinem Lantis, zurück?»

«Nein, ich glaube nicht.»

In einem afrikanischen Land gibt es die Redewendung: Kannst du dem Krokodil in die Augen sehen? Das Krokodil ist die eigene Vergangenheit. Im Augenblick kann ich das Krokodil nur aus den Augenwinkeln anschauen.

«Denken heißt noch lange nicht sicher sein», sagt sie.

Catherine klettert eine Düne hoch. Sie trägt gelbe Baumwollshorts und ein gelbes Sweatshirt. Die Muskeln auf der Rückseite ihrer Beine treten hervor. Ich stelle mir vor, daß sich vorne auch ihr Kinn wellt. Es entwickelt sich zum Doppelkinn. Eine Möwe schreit. Catherine dreht sich plötzlich um und folgt ihr mit den Augen.

«Ich wünschte, ich wäre eine Möwe», sagt sie.

Wir stehen da und schauen in den Himmel.

«Jeder möchte frei sein», sagt sie. «Es gibt aber auch Vögel, die nicht fliegen können, wie die Strauße oder die Emus in Australien. Manche Vögel kleben genauso am Boden wie wir.»

Zu Hause sitzen wir in den beiden Pfauensesseln. Sie macht einen Teppich aus bunten Stoffresten, und ich höre die Nachrichten im Radio.

«Das Baskenland und die Unabhängigkeit ... sie kriegen Hunger und werden bald ihre Lager in den Bergen verlassen ... Es ist beinahe unmöglich, die Terroristen vollständig auszurotten ... Es kam wieder zu Ausschreitungen ... keine überzeugende Erklärung für diese Vorfälle ... Viele sind völlig vor den Kopf geschlagen ... Sie haben sich daran gewöhnt, ihre Vorstellungen durchzusetzen.»

«Man setzt eben gern seine Vorstellungen durch», sagt sie.

Catherine sitzt plötzlich wie ein lachender Mayakopf in ihrem Sessel.

«Was ist los, was ist so komisch?» frage ich und stelle das Radio etwas leiser.

«Ich mußte an jemanden denken. In unserer Nachbarschaft gab es eine Frau, die vollkommen ausgerastet war. Sie klaute den Löwenzahn aus sämtlichen Gärten, um Wein daraus zu machen.»

«Löwenzahn gehört doch keinem.»

«Sie war immer völlig zu. Völlig verrückt.»

«So einen Nachbarn hat jeder.»

«Du hättest hören sollen, wie die Leute über sie redeten.»

Catherine, du hast nichts zu befürchten, wir leben nicht mehr umgeben von Nachbarn: Da geht Miss Catherine und hat es wieder auf Mr. Ernest abgesehen.

Was? Da ist sie, Miss Catherine, die wieder mal versucht, ihren Mann umzubringen.

Mit was denn diesmal?

Hat ein Schüreisen in der einen, einen Besenstiel in der andern Hand.

Rennt er?

Ja, er rennt. Welcher Mann würde da nicht rennen. So verrückt, wie sie ist.

Wenn du mich fragst, er ist genauso verrückt, sonst hätte er es nicht so lang mit ihr ausgehalten. Ich an seiner Stelle würde nicht bei ihr bleiben. Einsperren würde ich sie und den Schlüssel in den Bach werfen.

Tätest du nicht. Nicht, wenn du sie lieben würdest.

Wenn du mich fragst, Liebe ist manchmal des Teufels.

Du weißt genau, warum ich dich nicht frage, denn wenn er sie wirklich im Stich ließe, wärst du die erste, die jedem erzählt, wie böse Mr. Ernest doch ist. Er wäre nicht nur ein Teufel, sondern ein ganzes Heer von Teufeln.

Und was hältst du von dieser Frau, die sich bei ihnen eingenistet hat?

Über die bin ich mir noch nicht ganz im klaren. Aber eins muß man ihr lassen, die Jahre können ihr nichts anhaben.

Was macht sie denn so?

Ich glaube, sie schreibt.

Ich denke, sie sollten sich von ihr abseilen. Zu viele Köche in der Küche da.

Im Schlafzimmer, meinst du wohl.

Sei kein solches Schandmaul!

Ich weiß immer noch nicht, was ich von einem Mann denken soll, der sich so etwas aufhalst.

Ich kann Noten lesen, aber nicht, was in den Köpfen vorgeht.

Ich kann lesen, was in den Köpfen vorgeht, aber nur in normalen.

Psst!

Ja, da ist dieses Teufelsweib. Schlitzt ihr den Rock auf.

Mit plärrender Musik kann ich nichts anfangen. Sie soll endlich ihre Lautstärke leiser stellen.

«... vermischt mit diesem gefährlichen afrikanischen Element.»

«Was?» Catherine blickt auf.

«Sie sprechen über Killer-Bienen», sage ich.

«Such was anderes.»

Ich versuche, Musik zu finden, aber es kommen nur noch mehr Nachrichten, noch mehr Gelaber.

«Ich halte mich nicht systematisch auf dem laufenden, was die Kunstszene betrifft. Ich jage meinen eigenen Chimären nach.»

«Wart mal», sagt Catherine, und ihre Augen sind plötzlich sehr wach und sehr hell.

«Das ist doch Gillette, oder?» frage ich.

«Pssst!»

Wir hören zu. Der Interviewer hat sie etwas gefragt, das uns entgangen ist.

«Hhm, ja», sagt sie.

«Sie waren viel zu lange verschwunden. Alle, die uns zuhören, sollten sich Ihre Ausstellung anschauen – das ist ein richtiger Höhenflug. Übrigens, der Titel der Ausstellung lautet ‹Flüge› –, und sie startet senkrecht.»

«Sie ist doch nicht etwa hier?»

«Nein, es ist einer von den internationalen Sendern, die in New York, Monte Carlo oder Paris stehen. Sie kann überall sein. Ich glaube aber, das hier ist eine New Yorker Station.»

«Ich höre, Sie haben begonnen, mit ungewöhnlichen Utensilien zu malen. Erzählen Sie.»

«Hmm, Sie meinen wahrscheinlich die Bilder, die ich mit, hmm, Pilzen gemalt habe, weil mir, hmm, die Struktur gefiel.»

Ich sehe sie vor mir, wie sie ihr farbloses Haar hinters Ohr schiebt. Ich blicke auf und sehe Catherine ihr Haar hinters Ohr schieben, obwohl es viel zu kurz dafür ist. Sie ist scheinbar näher ans Radio gerückt, obwohl sie sich in Wirklichkeit nicht bewegt hat.

«Wenn ich etwas anderes als Pinsel benutze, habe ich, hmm, das Gefühl, Neuland zu betreten, Neues zu erkunden. Aber ich verwende keine Pilze mehr – hmm, es fällt mir schwer, darüber zu sprechen, aber ich muß wohl. Wissen Sie, eines Tages hatte ich, hmm, diesen Korb mit Pilzen in meiner Werkstatt auf einem Hocker stehen, und Tatum – das ist meine Tochter – kam rein und aß sie. Ich weiß nicht, warum; sie hat mich oft damit malen gesehen, und ich hatte ihr alles erklärt. Aber ich mußte kurz fort, und als ich zurückkam, hatte sie sich darüber hergemacht, sie verschlang sie wie … und die Pilze waren giftig, ich hatte ihr das erklärt … Wir waren an einem Ort, in dem es nur ein einziges Telefon gab, in einem kleinen mexikanischen Dorf. Ich war dorthin gezogen, um wieder arbeiten zu können, richtig arbeiten. Es gab da nur ein Telefon, und ich rannte mit ihr die ganze Strecke ... Wenn sie nicht den ganzen Korb leergegessen hätte ... ich fühlte mich wie eine Verbrecherin.»

«Sie konnten nichts tun. Die Leute verstehen das.»

«Sie hatte mich damit malen sehen, und ich hatte ihr erklärt, daß sie nicht eßbar waren.»

«Es muß schrecklich gewesen sein.»

«Das war es.»

«Aber wie ich schon sagte, die Kunstwelt ist glücklich, daß Sie mit Ihrer phantastischen Bilderwelt wiederaufgetaucht sind ... es ist wirklich eine sehr sexy, ich meine, eine sehr erotische Ausstellung ... Dalí mit Pfeffer. Sie sind einfach wahnsinnig, ich meine das als Kompliment ... Sie sollten diese Frau sehen: schön wie eh und je.»

«Vielen Dank.»

«Warum lebten Sie in Mexiko?»

Sie zischte. «Ich sagte Ihnen doch, um mich meiner Arbeit zu widmen. Und weil ich mich mit aztekischer Kunst beschäftigte. Ich verwende nämlich gerne Elemente, die nicht aus unserer westlichen Kultur stammen. Ich fühle mich wohl in, hmm, in der Nähe primitiver Kunst.»

«Sie verwenden auch wahnsinnige Farben, ich sehe da den Einfluß. Nun, wo Sie wieder mitmischen, wird es in der modernen Kunst Überraschungen geben ...»

Catherine grunzte und verkroch sich in ihrem Pfauensessel. Der Teppich erstrahlte wie ein bunter Mantel in ihrem Schoß.

«Das arme kleine Mädchen», sagte ich.

Sie blickte mich an, überrascht und wütend.

«*Sie* war es.»

«Wovon redest du?»

«*Sie* hat sie umgebracht.»

Catherine beugte sich vor und drapierte den unvollendeten Teppich um ihre Schultern.

«Catherine, das kann ich nicht glauben», sagte ich.

«Das war kein Unfall. Sie ließ sie da stehen, damit Tatum drankonnte; sie wußte, Tatum würde sie sehen und die Finger nicht davon lassen können.»

Ich schüttelte den Kopf. «Ich kann das nicht glauben.»

Catherine seufzte. «Keiner wird mir das glauben. Ich könnte es der ganzen Welt erzählen, und keiner würde es mir glauben.»

Ich rieb mir über die Stirn.

«Sie weiß, daß ich Bescheid weiß», klagte Catherine, «aber sie weiß auch, daß ich es nicht beweisen kann. Keiner würde mir glauben. Keiner würde mir mehr glauben als ihr.»

Ich rieb mir noch immer die Stirn.

«Du mochtest sie nicht einmal», sagte Catherine. «Und selbst du glaubst mir nicht.»

Meine Hand sprang von meiner Stirn in meinen Nacken.

«Sie sind eine Zauberin, Gillette Viking. Meine Damen und Herren, wenn Sie die Möglichkeit haben, schauen Sie sich Gillette Vikings Ausstellung an. Es war mir eine Ehre, nach all den Jahren wieder mit Ihnen sprechen zu können. Ich halte Sie für die Fähigste, die absolut Beste Ihrer Generation. Wir, die zur selben Generation zählen, haben immer große Erwartungen in Sie gesetzt, und wir sind stolz, daß Sie uns nicht enttäuscht haben.»

Catherine versank noch tiefer in ihrem Sessel. Hätte sie darin verschwinden können, so hätte sie es getan.

«Ah, ich danke Ihnen», sagte Gillette.

Catherine zog an den krausen Spitzen ihrer Haare; sie sah aus wie von einem bösen Geist besessen.

«Sie können sich nicht vorstellen, liebe Hörer, wie hinreißend schön diese Frau noch immer ist.»

43

«Als kleines Mädchen wußte ich nicht, wie es ging. Ich habe mir den Kopf darüber zerbrochen.»

«Worüber?» fragte Ensinanço.

Ich fuhr die Trennlinie entlang, auf der sich sein Nabel befand – oben tiefe Nacht, unten Morgendämmerung.

«Wie eine Frau sich für einen Mann öffnet – so daß er reinkommt, so daß ein Mann reinkommt. Wie man vögelt. Die Topographie war mir nicht klar. Ich konnte mir einfach nicht vorstellen, wie das physisch vor sich ging.»

«Eine Frau öffnet sich nie für einen Mann, der Mann erzwingt sich Einlaß», sagte er und verließ damit die physische Ebene wieder.

«Das glaube ich nicht», sagte ich.

«Es ist aber wahr. Geistig öffnet sich eine Frau nie für einen Mann. Für mich zumindest hat sich noch nie eine Frau geöffnet – mir geistig aufgetan. Zuerst dachte ich, du würdest es vielleicht tun. Aber auch du reist wieder ab und gehst zu den Staatlern zurück.»

«Staatler – so habe ich uns noch nie nennen gehört.»

Nun kehre ich zurück zu Catherine und Ernest, zu den Staatlern.

«Hat jemals ein Mann sich Zugang zu deinem Innersten verschafft und ist hineingeschlüpft, wirklich hinein, und hat seines mit deinem vermischt?»

Ich antworte nicht. Aber er verschafft sich wenigstens Zugang zu meinem Körper und tummelt sich in ihm.

«Ich könnte dich einfach festhalten», sagte er.

«Und ein Mann, öffnet sich ein Mann jemals für eine Frau?»

«Das liegt nicht in seiner Natur.»

«Das meinst du doch wohl nicht ernst.» Ich kitzle seinen Nabel.

44

Aber Ensinanço ist zu mystisch. Ich will keine Geschichten von den Strafen des Himmels erzählen, Geschichten von vernachlässigten Heilkräften, von modernen Jonas-Gestalten, die versuchen, es mit unserer Welt aufzunehmen. Ich möchte von alltäglichen Menschen erzählen, von Menschen wie du und ich.

Zum Beispiel von der Zeit auf Madagaskar. Von Vinandratsy und dieser Wildblume, seiner Schwester Miandra.

Ich saß auf einem Korbsofa auf der langen Veranda seiner Ranch. Er hatte mir einen Fächer aus Bast gegeben, und ich verjagte die Fliegen damit.

«Für eine Amerikanerin bist du still», sagte er.

Ich lachte, denn das hatte ich schon mal gehört.

«Dachtest du, wir bestehen aus nichts als Geplapper?»

Seine Schwester Miandra, die mit ihm zusammen wohnte, konnte mich von Anfang an nicht leiden.

«Sie sieht nicht dich», erklärte er. «Sie sieht nur eine Amerikanerin.»

«Eine Amerikanerin?»

«Sie glaubt, alle Amerikanerinnen sind Flittchen.»

45

Ich stand am Blumenstand und bewunderte die Orchideen. Plötzlich duftete es wie nach Lederseife; ich drehte mich um und blickte in wunderschöne braune Augen. Ich hatte die Blumenverkäuferin auf französisch gefragt, warum manche Orchideen so viel teurer seien als andere, aber mein Französisch war ein so steifes Lehrbuch-Französisch und mein amerikanischer Akzent so stark, daß sie mich nicht verstehen konnte. Der Mann fing an zu erklären. Ich weiß die Namen der Orchideen nicht mehr, obwohl er von jeder die Namen nannte – den madegassischen, den französischen und den englischen. Ich werde sie also «diese da» und «diese dort» nennen müssen.

«Diese da, obwohl sie hübscher ist als diese dort, ist trotzdem billiger, weil man sie häufiger findet. Sie wächst überall. Die andere dort findet man nur in den Bergen, man muß herumklettern und suchen, deshalb ist sie auch so wertvoll und sehr teuer. Auf diese stößt man an allen möglichen Stellen, aber sie überrascht einen immer, man weiß nie, wo sie einem begegnen wird – und ihr Preis wechselt dauernd. Wenn es viele gibt, ist sie billiger, wenn sie einen aber foppt und in die Irre schickt, wird sie teuer. Diese da wächst nur auf den kahlen Gipfeln der Berge. Man steigt mühsam hinauf und weiß nicht, ob man sie finden wird. Man kann wochenlang nach ihr suchen und die weniger raren Exemplare sammeln, bis dann, ganz plötzlich, wenn man es am wenigsten erwartet und die Suche schon beinahe aufgegeben hat, die Schöne vor einem steht. Sie ist eine Schönheit, aber keine auffallende Schönheit; eine, die manche Leute vielleicht erst wahrnehmen, wenn sie erfahren, wie schwer sie zu erobern ist.»

Da ich jemand bin, der glaubt, daß alles Schöne auf der Welt schwer zu erobern ist, konnte ich schlecht nein sagen, als mich dieser Schöne zu einem Drink in die Hotelbar einlud.

«Handeln Sie mit Orchideen?» fragte ich, als wir uns gesetzt hatten. «Sie kennen sich so gut aus.»

«Nein, ich habe eine Ranch.»

Lederseife. Vermischt mit dem Geruch von Brillantine. Sein Haar schimmerte.

«Ich hätte dran denken sollen», sagte er und sprang auf. Als er zurückkam, hatte er die Orchidee in der Hand, die am schwersten zu finden war.

Mich umschmeicheln, mich betören und verschlingen.

«Wie kamen Sie zu Ihrer Ranch?»

«Meine Vorfahren sind immer schon Viehzüchter gewesen. Na ja, nicht immer. Meine Schwester wird Ihnen von den Prinzen und Prinzessinnen in unserer Familie erzählen.» Er lächelte, dann runzelte er die Stirn. «Ich wäre allerdings lieber Orchideensucher, glaube ich.»

«Das wäre ich wohl auch lieber.»

«Und was sind Sie?» fragte er.

Diese Frage ließ mich immer einen Purzelbaum schlagen, bei dem ich versuchte, auf den Füßen zu landen. ‹Schriftstellerin› kam mir nicht so leicht über die Lippen wie so manchem anderen. Hausfrau war ich auch nicht mehr. Einmal erzählte ich jemandem, ich sei Expertin für das Nichts.

«Ich bin Expertin für das Nichts.»

«Das sind wir alle. Und außerdem?»

Eine Frau, die allein reist, keinen Beruf hat und ohne erkennbare Einkünfte ist ... Was kommt einem da so in den Sinn?

«Ich bin freie Journalistin. Ich habe den Auftrag, für eine Gartenzeitschrift einen Artikel über die Flora Madagaskars zu schreiben. Aber Sie haben wahrscheinlich schon gemerkt, wie wenig ich über Flora oder über ihre Schwester weiß und was für eine Hochstaplerin ich bin.»

Das weitere nimmt sich vermutlich lächerlich aus, wenn man es schwarz auf weiß liest: Ein Mann, der einer Frau erzählt, er werde ihr alles, was es über Flora und ihre Schwester zu wissen gebe, beibringen, von A bis Z, aber sie würden mit K anfangen. Warum gerade mit K? fragt sie. K steht für Komm mit mir, sagt er. Von Brandy und Schönheit trunken, sagt sie, das wolle sie tun; und nachdem er seine Geschäfte in der Stadt erledigt hat, packt sie ihre Taschen und folgt ihm auf seine Ranch. Sein Jeep riecht nach Lederseife und Brillantine, ein Geruch, der bereits etwas Vertrautes und Liebenswertes für sie hat.

«Wie schön, der Berg da. Ich mochte schon immer Berge. Gesehen habe ich schon viele, aber ich bin noch nie auf einem gewesen.»

«Das sollten wir ändern. Der dort hat sogar eine Geschichte, die dich vielleicht interessiert. Es ist ein geheimnisvoller Berg. Im 17. Jahrhundert, glaube ich, haben sich entlaufene Sklaven und Piraten dort versteckt.»

Ich fragte mich, was entlaufene Sklaven und Piraten mit Geheimnissen zu tun hatten, aber ich fragte nicht nach.

«Wie heißt er?»

«Da mußt du Miandra fragen, sie kennt die Namen der Berge, nicht ich.»

«Du kennst die Namen aller Orchideen auf der Welt, aber nicht den Namen eines kleinen alten Bergs.»

Er lachte, und ich rückte ein wenig näher.

«Und wer ist Miandra?»

Wie eine Katze, die einen Buckel macht – so wirkte Miandra, als der Jeep vorfuhr. Sie saß in einer Schaukel auf der Veranda und fächelte sich. Der Fächer klappte zu. Sie sprang auf und schaute. Eine Katze, die einen Buckel macht und faucht, das war Miandra, nur war das Fauchen unhörbar und kam aus dem hübschesten Mund, den man sich vorstellen kann.

Ich versuchte, es auf die leichte Schulter zu nehmen, fühlte mich in ihrer Gegenwart aber immer etwas unbehaglich. Sie war eine Katze, genau das. Sie griff die Leute, die sie nicht mochte, nicht an. Sie schnitt sie ganz einfach, gab sich bewußt gleichgültig, wenn Sie wissen, was ich meine. Sie blickte einfach durch mich hindurch. Wenn Vinandratsy mir zu nahe kam, schob sie sich dazwischen. Eine Amerikanerin, selbst eine so dunkelhäutige wie sie selbst, konnte einfach nichts Gutes bedeuten.

Sie war ungefähr dreißig, kultiviert, intelligent und immer noch Jungfrau, wie ich später erfuhr. Ihr Haar war schwarz und glänzend. Sie hatte einen Freund, der noch immer nur ihren Nacken streicheln und sie beim Schnurren beobachten durfte. Wenn er ihr seine Aufwartung machte, saß er mit ihr im Salon, den Strohhut auf den Knien, und warf ihr verstohlene Blicke zu.

«Er ist ihr Verlobter», erklärte Vinandratsy. «Er liebt sie, aber sie empfindet nichts für ihn. Sie erträgt ihn, mehr nicht.»

«Das ist ja furchtbar.»

«Aber wahr. Die anderen – sie hat viele Verehrer gehabt – stellten allmählich ihre Besuche wieder ein und heirateten andere Mädchen, aber er gibt nicht auf.»

Einmal stand ich am Zaun und beobachtete eine Herde Zebus und englischer Rinder; plötzlich stand ihr Verlobter neben mir, und wir schauten gemeinsam den Tieren zu, ohne ein Wort zu wechseln. Er schien darauf zu warten, daß ich das Schweigen brach, was ich auch tat.

«Haben Sie auch eine Ranch?» fragte ich.

«Nein, ich exportiere.»

«Und was?»

Er wirkte verlegen, als befürchte er, ich würde seine Geschäfte lächerlich finden.

«Vanilleschoten.»

«Sie riechen nach Vanille», sagte ich spontan.

Das schien ihn zugänglicher zu machen und aufzuheitern.

«Sie und Vinandratsy verstehen sich wohl sehr gut inzwischen?» fragte er.

«Wir haben uns angefreundet», verbesserte ich ihn.

«Ja.»

«Aber Miandra mag mich nicht.»

«Nein», stimmte er zu. «Aber ich finde, Vinandratsy hat eine Frau wie Sie verdient.»

Ich starrte ihn an.

«Wissen Sie, mich mag Miandra auch nicht. Ach, wahrscheinlich mag sie mich schon, aber sie ändert sich nie. Ich kannte sie schon als kleines Mädchen. Haben Sie jemals eine so schöne Frau gesehen? Eine Schönheit, die einem Mann mit Lust droht?»

«Droht?»

«Ah, die Lust ist eine gefährliche Sache, wußten Sie das nicht? Es gibt kein Entrinnen vor einer solchen Frau. Ich lasse nicht locker, und eines Tages wird sie nachgeben. Um eine Frau wie sie kämpft man und zahlt dann einen hohen Preis.»

«Warten Sie nicht zu lange», sagte ich, «und zahlen Sie keinen zu hohen Preis.»

Ich wandte mich von ihm ab und beobachtete eine Zebukuh, die neben einem englischen Bullen stand.

«Aber ich bin nur ein Schwätzer», sagte er. «Vinandratsy sagt, ich würde reden, nur um mich reden zu hören.»

Ich hatte ihn noch nie viel reden hören. Ich hatte kein einziges Wort aus seinem Mund vernommen, wenn er im Salon neben ihr saß, seinen Strohhut im Schoß und einem großen Bären glich, einem Bären in Rüstung. Sie warf ihm dann gelegentlich gleichgültige Blicke zu, während sie sich mit ihrem antiken Bastfächer fächelte, obwohl das Haus eine Klimaanlage hatte.

46

Vinandratsy und ich saßen am Küchentisch und studierten Karten. Miandra stand am Herd und kochte einen Tee aus geröstetem Reis, den wir auf unsern Ausflug mitnehmen sollten. Er war angeblich stärkender und erfrischender als gewöhnlicher Tee oder gewöhnliches Wasser.

Vinandratsy sagte mir, was ich anziehen solle. Wir wollten zu einem Ort in den Bergen, an dem sich einst die Piraten und entlaufenen Sklaven versteckt hielten. Nun gab es dort nur noch kahle Felsen und ein paar vereinzelte Bergdörfer. Ich wollte die Gegend aber trotzdem sehen und in meinem Buch schildern. Außerdem gab es eine bestimmte Orchideenart, die nur in dieser Ödnis wuchs.

«Sie weiß schon, was sie anziehen muß», meinte Miandra unfreundlich, «du brauchst ihr nicht jede Kleinigkeit zu erklären.»

«Liebling, Amanda hat mir erzählt, daß sie noch nie in den Bergen war.»

«Natürlich war sie schon in den Bergen», ereiferte sich Miandra. «In den USA gibt es auch Berge. Viele Berge sogar.»

«Aber ich war noch nie dort», sagte ich. «Ich hab schon viele gesehen, aber ich war noch auf keinem.»

Sie brummte und rührte in dem Reistee. Sie hatte den Reis angebräunt, überbrüht und dann abgeseiht.

«Siehst du», sagte Vinandratsy.

Ein weiteres Brummen. «Na, ich hoffe, ihr verirrt euch nicht. Vinandratsy hat nicht den geringsten Ortssinn. Hoffentlich hetzt er Sie nicht durch das ganze Gebirge, bevor ihr die Gegend findet.»

Sie goß den Reistee in Thermosflaschen und belegte dann Sandwiches mit Fleisch.

Als wir zum Abfahren bereit waren, küßte Vinandratsy Miandra auf die Wange.

Ich nickte ihr zu. Sie schaute mich einen Augenblick lang an und meinte dann:

«Früher hieß er der heilige Berg, aber er ist nicht mehr heilig.»

«Manche Bergbewohner halten ihn immer noch für heilig», sagte Vinandratsy.

«Was sie glauben, zählt nicht mehr. Nicht in der heutigen Welt.»

Vinandratsy nahm den Rucksack auf die Schulter. Miandra stand in der Tür und winkte uns zu, die Stirn von der Sonne besprenkelt. Einen Augenblick später kam sie uns mit einer kleinen Flasche in der Hand nachgelaufen.

«Hier, das hast du vergessen», sagte sie zu Vinandratsy. «Du willst doch nicht, daß das Mädchen von den Moskitos aufgefressen wird.»

Sie gab ihm die Flasche. «Auf mich macht sie zwar den Eindruck, als sei sie schon oft in den Bergen gewesen, aber zeig ihr, wie man mit diesem Gebräu umgeht, Viny. Man braucht nur sehr wenig davon. Sie will ja sicher nur die Moskitos vertreiben.»

Wenn jemand so redet, möchte man am liebsten salutieren, traut sich aber natürlich nicht.

47

«Glaubst du, er ist immer noch heilig?» fragte ich, als wir dicht neben einem grauen Felsen in unsern Schlafsäcken lagen. Die Sterne sahen an dem schwarzen Himmel so hell und so nahe aus, als wären sie daraufgemalt.

«Ja», sagte er. «Ich glaube immer noch, daß er heilig ist.»

Er öffnete den Reißverschluß seines Schlafsacks und kam in meinen. Er betupfte mich auf der Stirn und hinter den Ohren mit dem Mittel gegen Insekten. Er betupfte sich selbst.

«Es riecht überhaupt nicht», sagte ich.

«Für unsere Nasen nicht, aber wenn du ein Moskito wärst, würdest du auf den nächsten Berg flüchten.»

Wir liebten uns, und dann schloß ich die Augen und träumte. Wir waren auf demselben Berg, aber ich war eine andere Frau und er ein anderer Mann. Und er war heil – die untere Hälfte war so dunkel wie die obere. Wir trugen beide Hemden und Hosen, und obwohl ich keine Röntgenaugen wie Superman hatte, so wußte ich doch, daß er heil war, daß er sich geheilt hatte.

Wir mußten beide Wache stehen. Ich trug zwar eine Hose, aber ich war doch eine Frau. Auch die entlaufenen Sklavinnen waren Kriegerinnen. Wir führten ein sehr merkwürdiges Gespräch, eines, wie es nur in Träumen vorkommt und das in der realen Welt auf Wahnsinn hindeuten würde.

«Wirst du hier sein?» fragte er.

«Ja. Ich breite meine Schwingen aus und warte auf dich.»

Er blieb aber neben mir stehen, und wir beobachteten einen Bergrücken, der mit Fächerpalmen bewachsen war.

«Plustere dich nicht zu sehr auf», sagte er. «Unter Blinden ist die Einäugige nur scheinbar Königin.»

«Und wie steht es mit euch Männern, plustert ihr euch nicht auf? Ich bin nicht hier, um dich zu demütigen, aber wenn wir im Lager sind, scheinst du es nur darauf abgesehen zu haben, mich vor allen andern zu demütigen. Ihr fragt uns Frauen nicht einmal, ob wir mit dem Plan einverstanden sind.»

«Bist du mit dem Plan einverstanden?»

«Ja, aber du handelst immer nur nach deinem eigenen Gutdünken. Machst, was dir paßt, und vergnügst dich auf Kosten der Frauen.»

«Krieg führt man nicht zu seinem Vergnügen, und er geht immer auf Kosten der Männer. Du solltest dich nicht mit mir um einen Maulwurfshügel streiten, wenn es um einen Berg geht. Wenn sie uns erwischen, kostet es uns das Leben. Und was passiert mit euch Frauen? Ihr werdet wie Blumen behandelt im Vergleich zu uns.»

«Blumen, die man zertritt. Sie werden uns ebenfalls demütigen. Wir geraten aus einer Demütigung in die nächste.»

«Was meinst du mit Demütigung?»

«Ach, warum verpackst du mich nicht in Stroh und verschiffst mich?»

«Ich liebe dich.»

«Gut, wir haben die letzte Expedition überstanden, aber laß dir sagen, freu dich nicht zu sehr, wenn du dem Teufel über den Rücken gekrochen bist, vielleicht bist du nur unter seinen Bauch geraten.»

«Laß uns nicht streiten. Wir müssen auf *sie* achten ... Weißt du nicht, wieviel ich von dir halte? Wahrscheinlich halte ich mehr von dir als du von dir selbst.»

Ich habe das Gefühl, ich werde hochgehoben. Jemand hebt mich hoch in die Luft. Bevor ich jedoch erfahre, ob ich hochgehoben wurde, um geliebt oder in Stroh verpackt zu werden, wache ich auf.

«Wohin fährst du als nächstes?» fragt er.

Wir sitzen mit den Rücken gegen die Felswand. Es ist Morgen, und wir trinken Reistee und essen mit Fleisch belegte Sandwiches. Vielmehr, er ißt sie. Ich habe in eins hineingebissen, aber dann stellte es sich heraus, daß das Fleisch vom Buckel eines Zebus stammte.

Wir sitzen in einem rechten Winkel zueinander.

«Folgst du mit deinen Reisen irgendeinem Plan? Einer bestimmten Strategie?»

«Nein, ich lasse alles offen. Aber wahrscheinlich fahre ich zuerst einmal in die Staaten zurück. Ich brauche drei oder vier Monate, um an Hand meiner Notizen und Bilder dieses Reisebuch zu schreiben.»

«Aber du gehörst zu den Frauen, die den Kurs ihres Schiffes gern selbst bestimmen, wie Miandra.»

Ich möchte sagen, daß ich nicht viel gemeinsam habe mit Miandra, nicht so egozentrisch und boshaft bin, vielleicht genauso willensstark, aber doch hoffentlich positivere Dinge will. Ich würde keinen Mann zwanzig Jahre lang mit einem gefährlichen Vergnügen ködern, von dem ich mir selbst nicht vorstellen kann, worin es besteht.

Aber ich sage natürlich nichts dergleichen über die Prinzessin.

«Aber du bist desillusioniert», sagt er.
«Wie kommst du darauf?»
«Ich sehe das in deinen Augen, eine bestimmte Form von Desillusionierung.»
Es ist jedoch nicht Desillusionierung, was er sieht, sondern etwas, das Richard Wright den «Schutzwall von Gleichgültigkeit» nennen würde. Vielleicht bin ich genauso bösartig und egozentrisch wie Miandra. Ich bewege mich zwar in der Welt, ja, das schon. Aber spreche immer noch hinter vorgehaltenem Schild zu ‹dem Andern›, wie Paz es nennt. Und immer bin ich mit meinem Buch beschäftigt. Ich führe meine Notizen und Fotos mit mir wie einen Schild.
«Jemand muß dir sehr weh getan haben.»
«Nein.»
«Erzähl mir deine Geschichte.»
«Ich habe keine Geschichte.»
«Jeder hat eine Geschichte.»
Ich wende den Blick von ihm ab und starre auf den Bergrücken mit den Fächerpalmen.
Über unser kleines Dorf hat noch nie jemand geschrieben, sagte dieser Mann zu mir. Pilger machten hier nur kurz halt auf dem Weg zu ihrem eigentlichen Ziel. Aber dann blieben selbst die Pilger aus. Also schrieb ich über sein kleines Dorf – ein Versuch, die Pilger zurückzubringen.
«Es ist entweder Desillusionierung oder Bitterkeit», sagt er. «Und Frauen bekommt beides ziemlich schlecht.»
Ich lächle zu ihm hinüber, ein sehr schwaches Lächeln aus nur einem Mundwinkel. Innerlich bin ich die schrumpfende Catherine. Innerlich bin ich die Frau, die eine Halskette aus Zähnen trägt.
«Ich dachte immer, das wäre dasselbe», sage ich.

«Nein, nicht diese Stühle», sagt die Gastgeberin. «Sie sind nicht zum Sitzen da. Nur zum Anschauen.»

Ich stehe herum und esse von einem Porzellantellerchen Käse.

«Sie sehen aus wie Nofretete», sagt die Frau und tritt zu mir heran. «Mein Mann findet das auch.»

Sie entfernt sich, um die nächsten zu vertreiben. «Oh, nicht diese Stühle, meine Lieben, die sind nur zum Anschauen da.»

Lantis tritt zu mir. «Wie läuft es?»

«Ich weiß nicht, was ich hier soll.»

«Sind Sie ihr Mann?» fragt die Gastgeberin. «Ich hole Ihnen etwas zu trinken.»

«Nein, danke.»

«Oh, Sie sind Antialkoholiker, wie schön.» Sie blickt sich um. «Nein, nicht diese, meine Lieben. Sie sind nur zum Anschauen.» Und wieder zu uns: «Ihre Frau, Ihre Frau ist wie eine Geistererscheinung. Sie hat wundervoll gelesen, aber wir können sie nicht zu reden bewegen. Ich wette, wenn Sie mit ihr allein sind, redet sie wie ein Wasserfall, Sie können sie überhaupt nicht bremsen, ha ha ... Nein, nicht diese, meine Lieben; die sind nur zum Anschauen ... Sie mag uns nicht. Wir finden sie wunderbar, aber sie mag uns überhaupt nicht.»

Lantis entfernt sich und kommt mit meinem Mantel zurück.

«Gehen wir», sagt er. Er führt mich zur Tür. Draußen ist es ziemlich windig. Er knöpft mir den Mantel zu.

«Wir sollten zurückgehen und uns höflich benehmen», sage ich.

«Warum? Außerdem geben wir ihnen ja nur Anlaß zum Rätseln», sagt er. «Es wird ihnen ein bißchen angst machen und dir etwas Geheimnisvolles verleihen. Entweder das, oder sie halten dich für eine hochnäsige, verklemmte Kuh. Einladen werden sie dich auf keinen Fall mehr.»

Ich runzle die Stirn. Der Wind bläst mich gegen ihn.

«Verschwinden wir von hier», sagt er und nimmt mich am Arm. «Und zum Teufel mit ihnen, einverstanden?»

«Einverstanden», murmle ich.

Er öffnet mir die Wagentür, und ich steige ein.

49

Ein Mann spricht mit mir. Er läßt sich mit Gin vollaufen. Vogelschnabel. Langes Kinn. Haar so weiß, wie Hemingway es mit fünfzig hatte.

«Unterrichten Sie hier?» frage ich.

«Nein, ich mache gar nichts, ich gehe nur auf Parties.» Er taucht einen Cracker in geschmolzenen Käse und will ihn mir in den Mund stecken. Ich schüttle den Kopf.

«Sie waren ziemlich gut», sagt er.

«Danke.»

«Um Ihnen die Wahrheit zu sagen, ich unterrichte Chaucer. Ihr rasanter Dialog erinnert mich ein bißchen an ihn.»

Eine Frau streift ihn und kneift ihn in den Arm. «Lafcadio, du Teufel, engagierst dich nie für etwas. Wir stehen immer noch da drüben und warten auf deine Meinung.»

«Im Augenblick engagiere ich mich für dieses Glas Gin und für die Form des Hinterns der Frau dort.»

«Von welcher?»

«Der dort drüben.» Er zeigt mit dem Finger.

«Ach, du bist unmöglich, du bist einfach schamlos.» Sie kichert und flattert davon.

Er wendet sich wieder mir zu.

«Lächeln Sie.»

Ich lächle.

«Zeigen Sie mir Ihre Zähne, wollte ich sagen.»

Ich zeige sie ihm, grinse wie eine Kürbislaterne.

«Wußten Sie, daß weit auseinanderstehende Schneidezähne bei einer Frau Lüsternheit bedeuten – im mittelalterlichen Volksglauben?»

«Ich habe keine weit auseinanderstehenden Schneidezähne.»

«Ach ja, es ist nur ein Stückchen Rosine.» Er pickt es mit dem Finger heraus und steckt es sich selbst in den Mund.

Ich starre ihn ungläubig an.

«Mach doch die Musik etwas lauter, Harriet. Das ist lateinamerikanisch inspiriert. Tanzen Sie Rumba?»

«Nein.»

«Nein?»

Er hebt meine Hand hoch. «Sie sind verheiratet. Ist Ihr Mann auch hier?»

«Nein.»

«Sie sind auch so wundervoll einsilbig, nicht? Ganz wie der alte Barde Chaucer. Wache auf, Weib! Richtig?»

Ich stopfe mir noch ein Stück Rosinenkuchen in den Mund.

«Entschuldigen Sie, ich will mir mal diesen Hintern aus der Nähe ansehen. Der spricht zu mir, auch wenn die Frau nicht will.»

50

«Das ist einfach Scheiße», sagt er und legt die Seiten auf den Kaffeetisch.

«Es ist Scheiße?»

Ich stand in der Mitte meines Arbeitszimmers und fühlte mich so zusammengewürfelt wie die Möbel.

«Ja, das kannst du nicht veröffentlichen», sagte er.

Ich sagte nichts.

«Ist es so schlecht?»

«Meiner Meinung nach schon.»

Ich stand da wie ein begossener Pudel, dann nahm ich das Manuskript und legte es in die Schreibtischschublade. Ich setzte mich auf den harten Stuhl und schaute auf die Wand, nicht auf ihn, obwohl ich wußte, daß seine Augen auf mir ruhten.

«Was geht dir durch den Kopf?» fragte er.

Ich schwieg einen Augenblick, dann sprudelte es aus mir hervor, als ob ein Damm gebrochen wäre. «Ich denke an die Schriftstellerinnen, die ich kenne – Frauen, die mit Männern zusammen leben, die von ihrer Arbeit nichts oder nicht viel halten. Da fallen mir ungefähr fünf ein. Aber mir fällt kein einziger Schriftsteller ein, den die Frau, mit der er zusammen lebt, nicht für absolut phantastisch hält.»

«Frauen können eben besser lügen.»

«Das ist nicht wahr. Das ist einfach nicht wahr», sagte ich. Dann: «Die Männer würden es sich nicht gefallen lassen. Niemals. Warum, glaubst du, lassen wir Frauen uns das gefallen?»

Er schwieg. Ich wandte den Kopf nach seinem Schatten, um mich zu vergewissern, daß er noch da war. Sein Schatten hob die Arme über den Kopf und gähnte. Ein Arm fiel herunter, der andere war noch wie zum Gruß erhoben; dann senkte er sich auf das Knie und fing an, es zu kratzen.

«Langweile ich dich?» fragte ich.

«Sprich nur weiter, Manda-Panda, auf was willst du hinaus?»

«Vielleicht ist das, was wir Frauen machen, tatsächlich Scheiße, nehmen wir das mal an, ich bin aber sicher, daß jede von uns zumindest einen Mann auftreiben könnte, der unsere Scheiße für Schokolade hält.»

«Das bezweifle ich nicht», sagte er.

«Mal angenommen, ich hielte dich für einen miserablen Biologielehrer?»

«Aber ich bin nicht miserabel, ich bin einer der besten.»

«Angenommen, ich hielte dich für einen der schlechtesten?»

«Aber das tust du nicht.»

«Natürlich nicht, ich halte dich für großartig. Aber angenommen, ich dächte das nicht, was würdest du tun?»

«Dir einen Tritt in den Hintern geben.»

«Du machst jetzt nur Spaß, aber genau das würdest du tun. Du würdest meinem niedlichen kleinen Hintern einen Tritt versetzen. Meinem *großen* Hintern.»

«Im Ernst, Manda-Panda ...» Sein Schatten schüttelte das Haupt und veränderte seinen Platz auf der Couch.

«Ich meine es ernst. Und nenn mich nur Manda-Panda, wenn du mir Liebesgeständnisse machst. Entschuldige die schlechte Form.»

«Im Ernst, Amanda, es wäre mir peinlich für dich, wenn du das veröffentlichen würdest. Ich kann mir nicht vorstellen, wie dein Lektor ...»

«Du meinst, es wäre dir peinlich für dich. Für dich selbst.»

«Ja, wahrscheinlich für mich. Für uns beide. Aber wäre es dir nicht auch für uns beide peinlich, wenn du an meinem Unterricht teilnehmen würdest und ich nicht glänzen würde?»

Seine altmodische Ausdrucksweise reizte mich zum Lachen, aber ich saß einfach nur da, den Blick auf seinen Schatten geheftet. Der fuhr sich mit großen Händen durch das volle Haar. Er gähnte wieder.

«Es wäre uns für uns selbst und für den andern peinlich, weil wir wissen, daß wir zu Besserem fähig sind», sagte er. Sein Schatten erhob sich und kam auf mich zu, um seine Arme um meine Schultern zu legen (statt *legen* wollte ich schon *verlegen* schreiben).

«Da ist ja meine Herzallerliebste», sagte er, Manda-Panda auf den Lippen und Küsse heischend.

«Klar, du würdest mir einen Tritt in meinen großen Hintern geben, aber zuvor würdest du dich noch gründlich bedienen!»

Ich wand mich aus seiner Umarmung.

«Hör auf mit diesem Unsinn», befahl er. «Hör auf damit und komm ins Bett.»

Meine feministischen Freundinnen wird der Ausgang dieser Szene enttäuschen. Ich hörte mit dem *Unsinn* auf und kam ins Bett, selbst Küsse heischend.

51

Catherine schickte mir einmal diese Postkarte, auf der eine Frau mit einem weißgeschminkten Gesicht und einer Narrenkappe abgebildet war – ein sentimentaler Clown. Darunter hatte sie «Selbstporträt» gekritzelt. Die Narrenkappe hatte sie selbst hineingezeichnet oder daraufgemalt.

52

Das erinnert mich an diese Restaurant-Szene in New York – an dieses Pärchen, das an dem Tisch hinter mir saß. Ich hatte nicht das ganze Gespräch mitbekommen, nur wie der Mann plötzlich sagte: «Du Clown.» Ich wartete auf die Antwort der Frau. Als sich ihre Stimme endlich vernehmen ließ, klang sie viel zu weich; sie klang, als hätte sie noch ihre Milchzähne.

«Ich bin nicht so, wie du denkst», sagte sie.

Er schlürfte seinen Tee, lachte ihr ins Gesicht und versicherte ihr, daß sie sehr wohl so sei.

Sie konterte mit der einzigen Waffe, die sie zu haben schien.

«Schlürf nicht», sagte sie. «Das gehört sich nicht, man trinkt ihn in kleinen Schlucken! Zu schlürfen sind schlechte Manieren. Hat man dir das nie beigebracht?»

53

«Ich wüßte gern, wie das für sie war hier oben», sage ich.

«Für wen, für die Sklaven oder die Piraten?»

«Nein, für die entlaufenen Sklavinnen. Gab es eigentlich auch Piratinnen? Wahrscheinlich, oder?»

Er schaut mich an, als wären meine Fragen zu absurd, um darauf zu antworten. Ich kann sein Gesicht im Dunkeln nicht sehen, aber ich stelle mir vor, daß er mich so anblickt. Er dreht sich im Schlafsack auf die andere Seite und schläft ein.

Ich frage mich, ob die Geister der Frauen, der entlaufenen Sklavinnen und der Piratinnen, noch hier umgehen, aber ich habe keine mystische Ader; außer dem Teppich der Sterne und den Schatten der riesigen Felsblöcke nehme ich nichts wahr. Ich schmiege mich an seinen Rücken und lege ihm meinen Arm auf den Bauch. Ich rieche den Rauch aus einer französischen Muskete. Sklavenfänger? Pirat? Auf dem nächsten Bergrücken steht eine Reihe von Fächerpalmen.

«Kein Paradies für eine Frau», murmelt er.

Kein Paradies für eine Frau, aber auch kein Paradies für einen Mann.

«Warum nennt man die Fächerpalmen auch Bäume der Reisenden?»

Aber er bleibt stumm. Ich muß selbst eine Antwort finden. Sind denn nicht alle Bäume Bäume der Reisenden? Stellen zum Ausruhen, die einzigen, an denen ein jeder Reisende willkommen ist?

Er greift nach hinten, zieht mich näher an sich. Ich küsse seinen Nacken. Er dreht sich zu mir herum, und wir lieben uns noch einmal.

«Ich kann hören, wie sich in dir die Räder drehen.»

«Was?»

«Ich kann hören, wie sich in dir die Räder drehen.»

«Meinst du damit, ich wäre ein weiblicher Automat?»
«Der Inbegriff einer Maschinenfrau.»

Aber es ist nur ein Traum, in Wirklichkeit bin ich Sand, der durch Finger rinnt. In Wirklichkeit bin ich Sand. In Wirklichkeit bin ich Sonnenuhr und Magnolienblüte.

54

Wir saßen im hinteren Teil des Restaurants und aßen chinesisch. Krabben und gebratenen Reis, süßsaures Schweinefleisch, chinesische Erbsen.

«Morgen fahre ich nach Madagaskar, um an einem Reisebuch zu arbeiten», sagte ich.

«Ach?»

«Ich habe schon die Tickets.»

«Warum sagst du mir das jetzt?»

Ich biß in ein Stück süßsaures Schweinefleisch. «Ich wollte es dir eigentlich überhaupt nicht sagen.»

«Das wäre ziemlich niederträchtig gewesen», sagte er, die Augen zusammengekniffen und kalt. Dann zog er die Brauen hoch. «Und warum wolltest du es mir nicht sagen?»

Ich starrte auf das Grau in seinem Schnurrbart. Er strich sich die Haare mit den Händen zurück. Seine Stirn war eine braune Glocke.

«Weil ich beschlossen habe, nicht mehr zurückzukommen.»

Er legte die Gabel auf den Tisch.

«Weil ich etwas über dein Buch gesagt habe?»

Ich starrte auf seine Erbsen, auf seinen gebratenen Reis.

«Das ist doch lächerlich. Kindisch. Albern. Warum willst du mir unbedingt das Leben schwermachen?»

«Ich will dir nicht das Leben schwermachen.»

Er sagte eine Weile nichts. «Ich lasse dich nicht gehen.»

Ich rückte vom Tisch ab, dann zog ich meinen Stuhl wieder heran.

«Was hast du dort vor?» fragte er. Er hatte mich bereits gehen lassen.

«Arbeiten. An meinem Buch arbeiten, wie ich schon sagte. Für dich zählt das vielleicht nicht.»

Er seufzte, strich das Haar nach hinten.

«Und was wird aus Panda?»

Ich muß gestehen, daß ich an Panda überhaupt nicht gedacht hatte.

«Sie bleibt bei dir. Ich kann sie nicht mit mir herumschleppen. Sie ist noch zu klein.»

«Nein, natürlich nicht. Sie wäre dir bei deinen Affären im Weg.»

Ich saß mit offenem Mund da. Ich hatte von Arbeit gesprochen, und er sprach von Affären. Nun, er würde die Affären kriegen. Arbeit und Affären!

Er rückte seine Krawatte zurecht, beugte sich zu mir herüber, den Daumen gegen die Kinnlade gepreßt und mit den Knöcheln den Kiefer massierend.

«Du verhältst dich einfach lächerlich, ist dir das klar?» sagte er.

Ich rieb mir den Arm.

«Ja, ich weiß.»

Draußen stellte er sich hinter mich, die Hände auf meinen Schultern.

«Ich kann nicht so tun, als gefiele mir dein Buch. Ich kann dir nichts vorlügen. Aber ich liebe dich, Manda-Panda.»

Ich schwieg. Wir gingen Hand in Hand zurück.

«Was wirst du Panda sagen?» fragte er.

«Ich werde ihr überhaupt nichts sagen.»

Er ließ meine Hand los.

«Was für eine Art von Hexe bist du bloß?»

Ich hatte keinen Spruch parat, nicht einen.

55

«Magst du mit mir in die Stadt fahren? Ich gehe einkaufen», sagte Miandra.

Ich saß in einer Ecke des Eßzimmers und arbeitete Reisenotizen aus. Es war das erste Mal, daß sie sich mir gegenüber entgegenkommend zeigte. Gwendolyn Brooks hat einen Ausdruck dafür – *den*

Raum zivilisieren. Zum erstenmal hatte sie versucht, den Raum um uns herum zu zivilisieren.

«Ja, gern», sagte ich, überrascht und eingeschüchtert von ihrer Freundlichkeit. Ich legte das Notizbuch auf das Fensterbrett.

«Das ist nicht auch dein Tagebuch?» fragte sie.

«Nein.»

«Sonst hätte ich gesagt, daß du es besser wegräumen solltest, wenn persönliche Dinge drinstehen. Das Mädchen ist so neugierig.»

Sie hatten ein Mädchen aus einem der Bergdörfer, das ihnen den Haushalt führte. Sie trug ihr Haar in Knoten, die wie die Verwachsungen an manchen Bäumen aussahen.

«Warum trägst du diese altmodische Frisur?» fragte Miandra sie einmal.

Sie hieß Vahila. Mehr weiß ich nicht von ihr.

«Nein. Kommt Vinandratsy auch mit?» fragte ich im Aufstehen.

«Nein.» Sie runzelte die Stirn. «Nur wir, nur du und ich. Ich hoffe, du hast nichts dagegen?»

«Nein, natürlich nicht», sagte ich.

Ich stand immer noch neben dem Stuhl, als hätte ich Wurzeln geschlagen.

«Manchmal reite ich mit dem Maultier in die Stadt, aber du hast wohl noch nie auf einem gesessen?» fragte sie.

«Nein.»

«Dann nehmen wir den Jeep.»

Sie zog dünne weiße Handschuhe über ihre schlanken dunklen Hände. Die Handschuhe waren so dünn, daß man die Haut darunter sehen konnte – vor allem die dunklere Färbung an den Fingerknöcheln. Sie nahm ihre Tasche vom Eßzimmertisch. Es war eine dieser Taschen aus hellbraunem marokkanischem Leder ohne Griffe und ohne Riemen, nur mit einem rechteckigen Loch oben, durch das man die Hand schiebt. Ich ging ins Schlafzimmer und holte meine Umhängetasche.

«Bist du soweit?» fragte sie, als ich wieder ins Zimmer kam.

Sie hatte aus dem Fenster geschaut und wandte sich um, als sie meine Schritte hörte. Ich fragte mich, ob sie wohl in mein Notizbuch geschaut hatte, ob sie sich selbst mißtraute und ob sie mich in Verdacht hatte, über sie zu schreiben; aber sie hielt mit beiden Händen ihre Tasche.

«Ja», sagte ich.

Draußen blieb ich auf der Veranda und wartete, bis sie mit dem Jeep vorfuhr; dann lief ich die Stufen hinunter und stieg ein.

«Ich habe nie fahren gelernt», sagte ich, nur um etwas zu sagen. Wir fuhren eine schmale Straße hinunter, die durch einen Wald von Bäumen der Reisenden führte.

«Das muß das Leben schwierig machen», sagte sie. «Ich wüßte nicht, was ich ohne Auto täte. Wie machst du das?»

«Ich finde meistens jemand, der fahren kann.»

«Das glaub ich dir. Ich meine, du bist ja auch darauf angewiesen.»

Sie strich sich über den Unterkiefer. Ein Reisfeld flog vorbei.

Ich sah einige Frauen mit Strohhüten, die in gebückter Haltung in dem Reisfeld standen. Waren sie beim Ernten, Schneiden, Dreschen, Worfeln? Was macht man mit Reis?

«Du hattest recht», sagte ich. «Dieser Reistee, den du für uns gemacht hast, war sehr erfrischend.»

«Eigentlich ist es Reiswasser. Ich sage nur Tee, weil ihr Engländer immer Tee sagt.»

«Ich bin keine Engländerin, ich bin Amerikanerin.»

«Ich weiß. Ich weiß auch nicht, warum ich das sagte. Doch, ich weiß. Vinandratsys letzte Freundin war Engländerin.»

Ich sagte nichts, aber ein Schmetterling flatterte in meinem Bauch und schlug wie wild mit den Flügeln.

«Vinandratsy sagte, du hättest die belegten Brote nicht gemocht.»

«Ich hätte sie schon gegessen, aber er sagte, daß das Fleisch aus dem Buckel eines Zebus stammt. Für jemanden, der soviel herumreist wie ich, bin ich nicht gerade auf internationale Küche eingestellt. Ich kneife meistens.»

«Du kneifst?»

«Ich meine, ich bin feige.»

«Der Buckel ist der beste Teil. Ich hoffe, du denkst nicht, ich hätte euch irgendwelchen Abfall mitgegeben. Früher war der Buckel des Zebus nur für Könige. Nur Könige und Königinnen durften dieses Fleisch essen, inzwischen ißt es beinahe jeder.»

«Ach ja?»

«Du solltest ein bißchen abenteuerlustiger werden, was das Essen betrifft», riet sie mir. «Ich finde, man kennt ein Land erst, wenn man seine Küche erforscht hat. Natürlich ist das leichter gesagt als getan.

Ich wette, du hast noch nie in deinem Leben Heuschrecken gegessen, oder?»

«Nein, und ich hab's auch nicht vor.»

Sie lachte. «Du *denkst,* du hast noch keine gegessen. Du hast doch gestern abend die Suppe verschlungen und gesagt, sie wäre köstlich.»

Der Schmetterling in meinem Magen verwandelte sich in eine Raupe.

«Sie schmeckte nach Knoblauch», sagte ich nur. «Ich dachte, es sei Schildkrötensuppe oder so etwas.»

«Ich weiß, Vinandratsy fragte dich doch ein paarmal, ob du wirklich davon wolltest. Die Engländerin aß sie auch.»

Der Schmetterling.

«Vinandratsy denkt, mehr als dich fragen könne er nicht.»

«Ihr macht euch wohl einen Spaß daraus?»

«Es wird gleich noch komischer. Du hast mehr über unser Land erfahren, als du denkst. Soll ich dir sagen, was noch in dieser Suppe war?»

«Nein.»

Der Blick, den sie mir zuwarf, war unergründlich. Ich starrte auf ein anderes Reisfeld.

«Die Engländerin fand es auch nicht im geringsten komisch. Sie ging nach Manchester zurück.»

Ich blickte auf die Bäume.

Sie trug ein langes rotes Seidentuch um den Hals geschlungen, das immer wieder nach hinten wehte und gegen meine Schulter flatterte.

«Aber Vinandratsy und ich sind nicht jeder, verstehst du. Wir haben königliches Blut. Ein Zweig unserer Familie geht bis auf Königin Betia zurück. Ja, nur heutzutage spielt das keine Rolle mehr. Solche Dinge sind nicht mehr wichtig. Königlich oder nicht, keiner schert sich mehr darum.»

Ich sagte nichts. Ihr langer Schal flatterte gegen meine Schulter. Wir kamen an weiteren Bäumen der Reisenden vorbei und später an Zäunen, Zebus, englischen Rindern und Reisfeldern. Vielleicht schottet sie deshalb ihre Seele so ab, dachte ich. Dann frage ich mich, wieso mir «Seele» in den Kopf gekommen war.

«‹Reis ist Leben›, pflegten die Könige und Königinnen zu sagen.»

Ihr langes Tuch flatterte, schlug gegen meine Lippe. Ich schnippte es mit einem Finger weg.

«Ich werde dir ein Buch über Königin Betia geben.»

«Danke.»

Wildblumen. Vanille.

56

«Als es ein Königreich war», sagte sie und blickte zu mir hinüber und dann wieder auf die Straße, «gab es noch Magie, aber heutzutage gibt es keine Magie mehr in der Welt. Vielleicht muß in unserer modernen Welt die Leidenschaft an die Stelle der Magie treten, aber manchmal denke ich, es gibt auch keine wirkliche Leidenschaft mehr.»

Ich antwortete nicht.

«Aber vielleicht habe ich sie auch nur noch nicht entdeckt», sagte sie.

Ihr Schal versetzte mir einen Schlag.

57

Von unserem Einkaufsbummel zurückgekehrt, standen Miandra und ich uns im Eßzimmer gegenüber. Ich hatte ihr ein paar Pakete abgenommen und war gerade dabei, sie auf den Mahagonitisch zu stellen.

«Komm, bringen wir sie auf mein Zimmer. Du hast mein Zimmer noch nicht gesehen.»

Ich folgte ihr auf ihr Zimmer. Ein lichtdurchfluteter Raum mit einem Himmelbett, mit brokatbezogenen Stühlen, Spitzenvorhängen und Seidentüchern auf der Kommode. Das Zimmer einer Prinzessin.

Sie stellte ihre Pakete auf einen Stuhl, und ich folgte ihrem Beispiel.

«Wie schön. Ein hinreißendes Zimmer», sagte ich.

«Danke. Ich mag es auch sehr ... Warum hast du nichts gekauft?»

«Ich kauf nicht gern ein.»

Sie lächelte mich an. «Da du dir nichts gekauft hast, hab ich das übernommen», rief sie. Sie nahm das kleinste Paket, öffnete es und holte eine Kette aus Zähnen hervor. Sie hielt sie an meinen Hals. Ich wich etwas zurück.

Sie lachte. «Es sind Krokodilzähne. Manche Leute glauben noch, sie hätten magische Kräfte. Zur Zeit Betias war das wohl auch so.» Sie legte sie mir um. «Da. Sie steht dir ausgezeichnet. Du siehst schön damit aus.»

Sie war ganz nahe an mein Gesicht herangekommen. Da ich mit dem Raum um mich herum geize, trat ich ein wenig zurück.

«Du wirkst ein bißchen nervös. Du hast doch keine Angst vor mir, oder?»

Ich sagte nichts. Sie streckte die Hand aus und berührte mich unterhalb des Halses, um die Kette zurechtzurücken.

«Sie sieht wirklich gut aus. Vor allem auf deiner Haut.»

Sie entfernte sich und setzte sich aufs Bett.

«Ich bin müde. Ich ruhe mich eine Weile aus», sagte sie. «Und du, bist du nicht auch müde? Warum legst du dich nicht zu mir? Es gibt genügend Platz für zwei.»

Ich blickte auf ihr frisch gewaschenes schwarzes, glattes Haar auf dem Spitzenkissen.

«Nein, nicht genug», sagte ich. Ich lächelte ein wenig. Ihre Augen glänzten.

«Ganz wie du willst», sagte sie und streckte sich aus.

Ich öffnete die Tür und ging hinaus.

Ungefähr auf halbem Weg hörte ich die Tür hinter mir zuschlagen. Am nächsten Morgen trug sie wieder ihre mürrische Miene zur Schau. Der Raum zwischen uns war nicht mehr *zivilisiert*. Aber sie servierte nur noch Dinge, die ich kannte.

3
Von Pilgerinnen, egozentrischen Weibern (Peregrinas?) und harten Nüssen

58

Catherine schläft in dem Liegestuhl auf der Terrasse; sie hat sich zurückgelehnt, und ihr Mund ist leicht geöffnet. Ernest geht zu ihr hinüber, berührt ihre Stirn und küßt sie. Sie wacht nicht auf, aber die Linien auf ihrer Stirn vertiefen sich.

«Magst du einen Spaziergang machen?» fragt er und wendet sich nach mir um.

«Meinst du, wir können sie allein lassen?»

«Machen wir einen Spaziergang.»

«Gut», sage ich, stehe auf und lege mein Notizbuch auf den Tisch.

Ernest nimmt meinen Arm, wir gehen durchs Wohnzimmer und die Stufen zur Straße hinunter. Ich blicke noch einmal auf die Terrasse zurück, denn ich stelle mir vor, Catherine sei aufgewacht und spähe über die Brüstung. Sie schläft jedoch noch, die Sonne auf den Haaren, was selbst für ganz gewöhnliche Augen ihre gelbe Aura sichtbar werden läßt. Da ist sie. Die Königin des Berges.

«Du bist eine harte Nuß», sagt Ernest, der immer noch meinen Arm hält.

«Wieso?»

«Ich kenne dich nun schon seit Jahren, und du bist immer noch eine Fremde.»

Am Strand breitet er seine Jacke aus, damit ich mich darauf setzen kann. Er nennt mich «Pilgerin». Ich habe mich aufgesetzt, halte meine Knie umfaßt und schaue auf die Badenden – aus allen Ländern. Die meisten schwimmen nicht, sondern sitzen nur im Wasser. Ein weißhaariger Inselbewohner sitzt in einem Boot, auf dessen Deck ein selbstverfertigtes Schild mit der Aufschrift «Charter» angebracht ist. Die weißen Segel sind eingerollt. Ernest streckt sich aus, stützt sich auf die Ellbogen und schaut zu mir herüber.

«Ich habe das Gefühl, ich weiß nicht mehr, was für Catherine das beste ist», sagt er. «Dieses dauernde Hin und Her …»

«Willst du sie wieder in eine Anstalt stecken?»

Er starrt aufs Meer. «Das klingt furchtbar», sagt er.

Wir schweigen. Ich beobachte, wie der Mann einer Frau in das Boot hilft. Ein Mann im Wasser reicht ihr Strohhut und Handtasche. Er selbst klettert ohne fremde Hilfe hinauf.

«Was denkst du?» frage ich Ernest.

«Daß ich mir nicht vorstellen kann, so den Rest meines Lebens zu verbringen. All diese zerfransten Jahre. Wenn du nicht darin vorkämst …»

«Aber du liebst sie doch. Und du weißt, wenn sie im Krankenhaus ist … arbeitet sie nicht. Du holst sie doch heraus, damit sie auch arbeiten kann.»

«Und gefährlich werden kann.»

Ich spüre seine Hand auf meiner Wange.

«Wir müssen zurück», sagt er.

«Was?»

«Du hast geschlafen.»

«Ich bin eingeschlafen?»

Ich stehe auf. «Wie spät ist es?» Ich sehe die Sonne nahe über dem Wasser. «Oh, nein, warum hast du mich nicht geweckt?» Ich reibe mir die Augen …

Er lächelt und nimmt meine Hand, als ich aufstehe. Ich hebe sein Jackett auf, schüttle den Sand raus und gebe es ihm zurück, aber er legt es mir um die Schultern. Wir steigen zur Straße hinauf.

«Hast du mich ‹Pilgerin› genannt?» frage ich.

«Wie bitte?»

«Ich dachte, du hättest mich ‹Pilgerin› genannt – am Strand, als wir uns gerade hingesetzt hatten. Ich muß das wohl geträumt haben.»

«Nein, ich nannte dich *Peregrina.* Weißt du, was *Peregrina* bedeutet?»

«Ja, es ist einer dieser Vögel, die nie an einem Ort bleiben.»

Er erreicht als erster die Straße und streckt den Arm aus, um mir hochzuhelfen. Ich kämpfe mit dem losen Sand. Er packt meine Hand und zieht mich hinauf.

«Schaffst du es?»

«Ja.»

Als wir auf der Straße sind, halte ich seine Hand etwas fester und lasse sie dann los.

Catherine ist wach, als wir zurückkommen, und sitzt im Wohnzimmer auf einem der geflochtenen Pfauensessel. Es ist beinahe vollkommen dunkel draußen. Ich weiß nicht warum, aber ich fing an, Erklärungen abzugeben.

«Wir waren am Strand, und ich bin blödsinnigerweise eingeschlafen. Ernest hat mich nicht geweckt.»

Sie sagt nichts. Sie starrt mich an.

«Ich bin schon zu lange geblieben», sagt Ernest. «Ich sehe euch beide morgen früh.»

Er steht vor ihr, als wolle er sie küssen. Aber sie sieht aus, als kenne sie den Unterschied zwischen einem Kuß und einem Biß nicht. Er berührt statt dessen ihr Knie. «Bis dann.» Er geht.

«Wir wollten eigentlich nur ganz kurz bleiben», sage ich. «Es ist meine Schuld.»

«Ich denke, ich gehe bald wieder zurück», sagt sie.

«Er will dich nicht wegbringen», sage ich.

«Ich meine nicht *dorthin.*» Sie reibt sich die Stirn. «Ich meine, zurück in die Staaten. Nach Hause.»

Ich bin sicher puterrot geworden im Dunkeln. Ich schaue weg und setze mich in den anderen geflochtenen Sessel.

«Meinst du, er will auch zurück?» fragt sie.

«Frag ihn.»

«Er findet, es ist das Paradies hier, aber für mich gibt es kein Paradies, nirgendwo.»

Ich antworte nichts darauf.

«Ich bin der Wurm im Apfel», sagt sie.

«Oh, Catherine», murmele ich, stoße die Schuhe von den Füßen und lehne mich gegen den fächerförmigen Rücken des Sessels – das wunderschöne Rad des Pfaus. «So was solltest du nicht denken.»

Sie knipst die Tischlampe an. Ich starre in zwei Augen, die mich beobachten, das eine ist ein Komet, das andere ein Mond. Die Bücher auf dem nicht splitternden Glas des Beistelltischs: *Kunst Heute* und *Letzte Magie*.

«Ich bin der Wurm, er ist der Apfel, und was bist du?» fragt sie.

Was könnte ich wohl schon sein? Ich stehe auf und gehe auf die Terrasse, auf der der Fernseher steht; es läuft gerade ein Videofilm über die Baseball-Weltmeisterschaften. *Coke bringt's*, ist über dem Kopf des Schlägers zu lesen.

59

Jedesmal, wenn Ernest Catherine berührt, und sei es noch so zärtlich, schrickt sie zusammen.

Im Augenblick berührt er die eine Seite ihres Gesichts, und sie ist wieder die Frau, die schrumpft.

Catherines Kleid ist kanariengelb. Ihre Sandalen sind hochhackig und ebenfalls kanariengelb.

Wir stehen alle drei in einer engen Gasse vor der hohen, weißgekalkten Wand der befestigten Kirche. Ich versuche mich an den Unterschied zwischen reiner Gotik und Hochgotik zu erinnern. Wirken nicht in der einen die Steine massig und schwer, in der anderen hingegen sehr leicht?

Catherine fährt beim Gehen mit den Fingern an der weißen Mauer entlang. Ich stelle sie mir als Bildhauerin im Mittelalter vor, an Seilen hängend und Steine behauend.

Ernest geht in der Mitte. Er hatte gerade ihr Gesicht berührt, um etwas abzuwischen (es war zu dick aufgetragenes Make-up), und sie war vor ihm zurückgewichen. Jetzt fährt sie mit den Fingernägeln an der Mauer entlang.

Catherines Kleid ist kanariengelb. Ich betrachte ihr dunkles Profil gegen die weiße Mauer. Plötzlich bleibt sie stehen und lehnt sich gegen die Wand, die Augen beinahe geschlossen in dem grellen Licht.

Ernest trägt eine Brille, die in der Sonne dunkler und drinnen und im Schatten wieder völlig hell wird.

«Ich möchte zurückgehen», sagt Catherine.

Ich weiß, was Ernest denkt. Er denkt dasselbe, was ich auch dachte, als sie es zu mir sagte. Er stößt die Luft aus. Ich kann nicht entscheiden, ob vor Erleichterung oder Bestürzung.

Ich möchte ihm die peinliche Situation oder noch Schlimmeres ersparen und schalte mich ein.

«Sicher, wir können ja alle zusammen in die Staaten zurückfahren», sage ich.

Ernest atmet wieder ein.

«Möchtest du das, Catherine?» fragt er.

«Ja.»

Er nickt. Sie geht weiter. Ernests Brillengläser verdunkeln sich, als er aus ihrem Schatten tritt. Ich habe das Gefühl, ich könnte sehen, wie mich seine Augen dahinter anstarren.

Catherine ist oben und schläft im Pfauensessel.

Ernest und ich stehen unten in der Kammer, in der die Kisten und Koffer gelagert sind. Es liegen da auch Angelgerät und eine Bootsausrüstung, von den letzten Mietern hinterlassen.

«Du bist selbst für deine Verhältnisse sehr still», sagt er.

«Wie bitte?»

«Daß du selbst für deine Verhältnisse sehr still bist.»

Er berührt mein Kinn. Ich bin keine Frau, die schrumpft. Er küßt mich, kurz, zärtlich. Er streicht über die Schweißperlen unter meinem Haar.

Schließlich löse ich mich von ihm, nehme eine der Kisten und trage sie nach oben.

Als ich wieder hinunterkomme, um die nächste Kiste zu holen, ist Ernest verschwunden. Ich denke an die Geschichte von Elizabeth Bowen: Ein kleiner Junge ist überzeugt, daß manche Leute einfach aus der Welt verschwinden, einfach aufhören zu existieren, wenn man nicht mehr in ihrer Gegenwart weilt; es gibt sie erst wieder, wenn man ihnen erneut gegenübersteht. Wenn man sie verläßt, verschwinden sie wieder aus der Welt. Zwei Tage lang gibt es keinen Ernest. Zwei Tage lang existiert er nicht. Oder bin ich diejenige, die nicht existiert, weil er nicht da ist?

60

Am Morgen des dritten Tages gehe ich zum Strand hinunter. Ernest ist da, er sitzt auf einem Stück Treibholz. Als ich seinen Namen rufe, dreht er sich um. Er hat einen zwei Tage alten Bart.

«Ist alles in Ordnung?» frage ich.

Ich knie mich neben ihn. Ich berühre seinen Magen und spüre etwas Rauhes durch das Hemd. Ich schiebe den Stoff hoch und sehe, daß er einen Verband trägt. «Wann ist das passiert?»

«Es ist nichts weiter, nur ein paar gebrochene Rippen.»

«Du hättest ihr mal die Rippen brechen sollen. Ich hätte sie ihr gebrochen.«

«Nein, das hättest du nicht.»

Ich stehe auf, um zurückzugehen.

«Geh nicht so», sagt er. «Nicht mit diesem Gesicht.»

Als wir zu Hause ankommen, sitzt Catherine auf ihrem Pfauensessel und trägt ihr DeKooning-Frau-mit-Fahrrad-Lächeln zur Schau. Ich trage meine Ambrosia-Maske für Catherine. Aber ich schwebe, und ich kann nicht umhin, Ernest mit andern Augen zu betrachten. Und Catherine kann nicht umhin, es zu bemerken.

61

In dem Traum (wir müssen unsere Träume und unsere Wirklichkeiten auseinanderhalten, obwohl wir genauso lange in den einen wie in den anderen leben) stand ich vor dem Ältestenrat. Ich hatte etwas verbrochen, etwas, das gegen die Gesetze des Dorfes der entlaufenen Sklaven verstieß.

Ein junger Mann tritt vor, um mich zu verteidigen. Ich weiß nicht, wer dieser junge Mann ist. Sein Haar wuchert so wild wie der Regenwald. Er fragt die alten Männer, warum sie nicht erst einmal eine Verwarnung aussprechen würden, eine Verwarnung genüge, drastischere Maßnahmen seien nicht nötig.

«Sie gehört zu der Sorte Frau, die eine Warnung nicht ernst nimmt», sagen die alten Männer.

Der junge Mann versucht sie von meinen Verdiensten zu überzeugen: wie mutig ich mich in der letzten Schlacht erwiesen hätte, ich hätte so mutig gekämpft wie ein Mann.

Die alten Männer erwidern, Zauberei sei im Spiel gewesen; ich hätte sie durch meine Hexerei glauben gemacht, ich sei unerschrokken in den Kampf gezogen, während ich in Wirklichkeit ein Hasenfuß gewesen sei, schnell einen Rückzieher gemacht und das Weite gesucht hätte. Die magischen Dämpfe meiner Kräuter hätten ihre Sinne benebelt.

«Sie hat sich in Dinge eingemischt, die sie nichts angingen», sagen die alten Männer.

Der junge Mann meint, es seien nur Worte gewesen.

«Worte, für die wir keine Verwendung hatten», sagen die alten Männer. «Worte, die hier nie hätten ausgesprochen werden dürfen.»

«Vielleicht wußte sie nicht, daß ihre Worte so beleidigend waren ... Jetzt, wo sie es weiß ... wird sie jedes Wort auf die Goldwaage legen.»

«Das ist es ja. Wäre sie eine richtige Medizinfrau, hätten ihre Worte uns *verteidigt.* Wir hätten mit unsern Waffen und *ihren Worten* in den Kampf ziehen können. Aber sie verhext uns, und wir glauben ihr, während sie nur Unheil stiftet!»

Der junge Mann steht wartend neben mir. «Hast du Kopfschmerzen?» flüstert er.

«Ja, und schlecht ist mir auch.»

«Faß hinter dich.»

Ich fasse hinter mich. Er drückt mir das Kraut in die Hand, und ich stopfe es in den Mund.

«Schaut nur, sie kaut wie eine Kuh, sie muß einfach böse sein.»

«Diese Krokodilhaut auf ihrem Rücken beweist schon alles. Als wir das entdeckten, brauchten wir gar nicht mehr weiter nachzuforschen. Wenn sie eine richtige Medizinfrau wäre, hätte sie sich zuerst selbst geheilt, bevor sie unseren Töchtern mit all diesen Versprechungen gekommen wäre!»

«Hexe!»

«Sie hat all diese Jahre unter uns gelebt», verteidigt mich der junge Mann.

«Schon als du noch Milchzähne hattest, du Grünschnabel. Raus mit dir!»

Der junge Mann rührt sich nicht vom Fleck. «Er weicht nicht von ihrer Seite, schaut ihn euch an! Er klebt an ihr wie ein Schönheitsfleck!» – «Ein häßlicher kleiner Fleck!» brüllt ein anderer. «Vielleicht sollten wir diesen lästigen Kerl auch in die Verbannung schikken!» – «Nein, meine Herren, das will er doch nur bezwecken. Die beste Strafe für dieses Bürschchen ist, sie abzuschieben und ihn hierzubehalten!»

Wachen kommen und führen den jungen Mann ab.

«Ihn hast du uns wohl auch nur vorgegaukelt», sagt das Oberhaupt des Ältestenrats. «Du hast hier keine Anhänger! Deine Strafe, Sancha, du Hexe, lautet so: Du wirst aus dem Dorf und den Berg hinuntergejagt werden. Eine Frau allein – du weißt, was das bedeutet, Schätzchen.»

«Sie weiß, was das bedeutet.»

«Wenn unsere Feinde dich erwischen ...»

«Sie weiß, was das bedeutet. Da hilft ihr ganzer Zauber nichts!»

«Ohne etwas zu essen oder zu trinken ...»

«Und ohne Kleider?»

«Oh, diesen Kram kann sie behalten, er ist doch nur aus Borke.»

«Soll sie es behalten, das Zeug aus Borke.»

Ich raste unter einem Baum der Reisenden.

«War das der ganze Traum?» fragt Catherine näher kommend.

«Ja, das war der ganze Traum»

«Und was passiert, wenn es keine Bäume der Reisenden mehr gibt?» fragt sie und späht auf mich herunter, den Finger in der Nase.

«Über diese Bäume hinaus komme ich nie.»

«Weißt du, was ich immer erwarte?» fragt Catherine, gegen den Baum gelehnt.

«Was?»

«Ich erwarte, daß diese Bäume sich öffnen und einen aufnehmen. Einem ein neues Heim bereiten.»

«So einfach geht das nicht.»

«In meinen Träumen schon», meint Catherine.

«Nicht in meinen.»

«Das müssen ziemlich banale Träume sein, Süße», sagt sie. «Meine Träume sind wild, alles kann passieren. Alles ist möglich.»

«Ist *das* möglich?»

«Was *das*?»

«Ist es möglich, Catherine?» reize ich sie.

Sie lehnt ihre Wange gegen den Baum. «Ich mag diesen Traum nicht. Wie hast du mich übrigens gefunden? Ich möchte hier raus.»

Ich zucke mit den Schultern. «Wenn ein Traum Oberhand gewinnt, läßt sich nicht viel machen, mein Herzblatt.»

«Wenn ich dieser Baum wäre, wüßte ich, was ich täte.»

«Was? Würdest du dich für mich öffnen?»

«Bestimmt», sagt sie lächelnd. «Ich würde mich öffnen und dich verschlingen!»

62

Ernest und ich sitzen uns in den Pfauensesseln gegenüber.

«Dein Buch über die Heiler Bahias ist gar nicht schlecht», sagte er. «Die Widmung gefiel mir auch: Für die Heiler.»

«Das heißt auch für dich.»

«Ich hab noch niemanden geheilt.»

«Aber du versuchst es.»

«Das tut jeder.»

«Nein, nicht jeder. Ganz und gar nicht.»

Einen Augenblick lang sagte er nichts. Dann rieb er sich an seinem Schnurrbart. Er roch nach Lavendel und Minze. Er trug ein elegantes Hemd, aber Bluejeans.

«Es gefällt mir viel besser als deine Romane, obwohl es sich beinahe wie ein Roman liest. Ich meine, der Stil ist erzählend, aber irgendwie sehr viel variabler. Es ist komisch und ernsthaft und an manchen Stellen beinahe surreal. Und die Heiler sind wirklich interessante Charaktere. Einer wirkt fast wie eine mythische Gestalt, das Kapitel über ihn klingt wie eine Fabel.» Er schüttelte den Kopf. «Ich fand's sehr gut. Und sehr intelligent. Ich meine, man merkt sofort, daß es eine intelligente Frau geschrieben hat.»

«Und nicht nur eine scharfe?»

Er runzelt die Stirn und starrte aus dem Fenster.

«So wurden wir in einer Besprechung genannt, eine ganze Gruppe von Schriftstellerinnen. Es war komisch gemeint.»

«Was, die Besprechung?»

«Nein, meine Bemerkung.» Ich war verlegen.

Er sagte: «Es fällt irgendwie auch in meinen Bereich, obwohl es nicht gerade das ist, was man *wissenschaftlich* nennt. Aber die Psychokinese ist auch keine richtige Wissenschaft. Ein Grenzgebiet. Und Laser-Medizin, das ist die Zukunft. Es gibt alle möglichen Heilmethoden, die nicht offiziell anerkannt sind, die aber wirken. Auf jeden Fall wird mit Licht geheilt, wer hätte das gedacht? Manchmal frage ich mich, ob wir es uns nicht leichter machen könnten.»

«Wie meinst du das?»

«Ob wir Catherine nicht einfach zu einem guten Medizinmann bringen sollten.»

Ich lachte.

«Ich kenne eine Frau, die noch an sie glaubt», sagte ich. «Sie suchte einen auf, und er hat sie mit Musik geheilt.»

«Wenn das reichen würde, wäre Catherine die bestgeheilte Frau der Welt.»

«Schon. Diese Frau meinte aber, er kenne die richtige Kombination von Tönen. Ich glaube, wir kennen einfach nicht die richtige Kombination.»

«Oh, gib uns die richtige Kombination!» Er erhob die Hände. Es klang, als sei er in der Kirche.

Wir lachten, bis unser Gelächter selbst wie eine Zauberformel klang.

63

In Catherines Werkstatt sortieren und numerieren wir Skulpturen – die einen sollen nach New York zu ihrem Kunsthändler, die anderen nach Detroit, wo sie wohnen.

«Diese soll zu meinem Agenten», sagt Catherine.

«Nein, schick nicht die ... die ist noch nichts», sagt Ernest. «An der mußt du noch arbeiten, meinst du nicht?»

«Diese?» fragt Catherine. Dann: «Soll ich die hier nach Detroit oder zu meinem Agenten schicken?»

«Nein, keine davon, Catherine – nicht zu deinem Agenten. Du

willst doch auch, daß sie was taugen. Ich meine, sie sind noch nicht gut genug. Was meinst du?»

Catherine hat die Hände in die Taschen ihrer gelben Hose gesteckt. Sie hat sich in eine Ecke verdrückt. Sie murmelt etwas, das wir nicht verstehen können.

«Nein, pack die da in Stroh ein», sagt Ernest zu mir. «Die muß in Stroh verpackt werden. Und rühr die dort nicht an. Ich verpacke sie selbst.»

«Und ich?» fragt Catherine plötzlich.

«Du?» Ernest dreht sich herum und starrt sie an.

«Ich möchte auch in Stroh verpackt und verschifft werden», sagt sie.

«Kannst du nicht lauter reden?» sagt Ernest. «Ich hab nichts verstanden.»

Aber Catherine kann nicht lauter reden, sie steht mit hängendem Kopf wie ein Idiot da. Dann bückt sie sich und hebt die *Vogelfängerin* hoch.

Ich will «Paß auf» schreien – mein Mund hat schon das «Pa» geformt –, aber sie bückt sich bereits wieder, um die Plastik in eine Kiste zu legen.

Ich nehme eine Handvoll Stroh und bestreue damit den Boden einer Kiste. Ich hole noch mehr Stroh. «Ich fahre doch nicht mit euch zurück», sage ich beiläufig.

Ernest steht mit dem Rücken zu mir und dreht sich nicht herum, obwohl ich sehen kann, wie seine Schultern sich versteifen. Er packt weiter.

Es sieht aus, als würde Catherine völlig in ihrer Ecke verschwinden. Sie kratzt sich an der Unterlippe und starrt auf Ernests Rücken. Als sie mich anschaut, habe ich das Gefühl, schon nicht mehr da zu sein.

Der Stoffelefant

In einem Trödelladen kaufe ich einen Stoffelefanten.

«Ein Überbleibsel von dem republikanischen Kongreß», sagt die Verkäuferin. «Ich habe keinen Umsatz gemacht, als sie hier waren. Ich dachte, ich würde das Geld nur so scheffeln, aber nichts. Ich habe sogar Verluste gemacht ... Sind Sie Republikanerin?»

«Nein, ich mag nur Elefanten.»

Als ich in die Wohnung zurückkomme, blickt mein Mann besorgt hoch.

«Wo warst du denn? Kaum drehe ich dir den Rücken zu, und du verschwindest.»

Er war nur kurz hinuntergegangen, um eine Cola aus dem Automaten zu holen. Die Tür hatte er nicht hinter sich abgeschlossen. Nun schaut er mich an, als hätte ich eine Waffe bei mir. Ich weiß, er möchte mich durchsuchen, mich ausziehen.

«Ich hab nur einen Spaziergang gemacht. Ich hab diesen Elefanten gesehen und ihn gekauft. Hübsch, nicht?»

Ich zeige ihm den Elefanten. Er hat den Rüssel erhoben. Seine kleine rosa Zunge lugt hervor. Ich stelle ihn auf den Kaffeetisch. Ich weiß, er würde am liebsten auch den Elefanten durchsuchen.

«Ein Überbleibsel von dem republikanischen Kongreß», wiederhole ich.

Er sagt nichts. Er öffnet meine Cola und reicht sie mir. Und nun starrt er auf die Büchse und überlegt sich, was für eine Waffe man daraus machen könnte. Aber die Büchsen sind heutzutage viel zu dünn. Jeder kann sie in der Hand zerdrücken. Keine Muskelpakete sind dazu nötig.

Er schaut mich an. Ich hasse es, wenn er mich anschaut, als wüßte er nicht, daß ich Catherine bin.

«Du willst doch die Rede halten, oder?»

«Ja.»

«Das solltest du auch. Ich glaube, es ist gut für dich.»

«Ja.»

Als wir aber im Hotel ankommen, läßt er mich in der Halle warten und geht zur Rezeption. Ich stehe in einer Ecke und höre alles mit: «Ich wette, sie wird total ausflippen da drinnen!»

«Einfach verrückt, das Ganze. Ihr wißt doch, er hat sie aus der Klapsmühle in Ann Arbor geholt. Und er hat sie nur geholt, damit sie diese Sache hier durchziehen kann.»

«Ich finde das nicht richtig.»

«Aber sie haben es organisiert, bevor sie die Geschichte erfuhren. Shirley sagte, sie habe keine Ahnung gehabt, daß Catherine Shuger in einer solchen Verfassung ist. Ich habe sie gefragt, auf welchem Planet sie denn lebt.»

«Ich wette, sie flippt aus.»

«Ich möchte das auf keinen Fall verpassen. Seit Jahren war sie immer wieder in Anstalten.»

«Leid tut mir vor allem er. Aber er wird schon wissen, was er tut. Armer Kerl.»

«Ich finde, er nützt sie aus.»

«Was würde für ihn dabei herausspringen? Du kennst Ernest Shuger nicht. Sie ist der Teufel im Paradies, nicht er. Ich verstehe ihn nur überhaupt nicht.»

«Diese Sache, die sie jetzt macht, hast du die gesehen?»

«Weiß Gott, ja.»

«Ich weiß noch, vor kaum zehn Jahren ...»

«Ich hielt sie immer für die Beste ...»

«Ich frage mich nur, was *schwarz* sein soll an ihrer Kunst.»

«Siehst du das nicht?»

«Dieser rebellische Geist, wir haben wirklich einiges von ihr erwartet.»

«Ja, aber wir hielten uns auch für *die* Generation, nicht?»

«Das tun alle.»

«Trotzdem frage ich mich, was *schwarz* daran ist.»

«Ist sie das? Mensch, halt besser mal den Mund!»

«Ist sie das? Das kann doch nicht sein. Nein, das ist nicht Catherine Shuger! Sie war solch eine Schönheit.»

«Das ist sie aber ... Ich weiß noch, wie beeindruckt wir alle waren von diesem Wirbelwind aus Atlanta.»

«Kommt sie nicht aus Jackson?»

«Nein, Atlanta. Diese energiegeladene, hochbegabte junge Frau, die uns anhielt, für eine bessere Welt zu kämpfen.»

«Das soll sie sein, diese stinkbürgerliche Person?»

«Was hast du denn erwartet, beide Eltern waren Ärzte, man konnte sich schon denken, was aus ihr werden würde.»

«Hat sie dir das erzählt? Mir hat sie erzählt, ihre Mutter sei Wäscherin, und ihr Vater würde in einer Traktorenfabrik arbeiten.»

«Wirklich? Nun, sie gehörte zu der militantesten Gruppe auf dem Campus. Es war wohl peinlich für sie. Wo wir alle aus dem Volk kamen! Ich fand das eines Tages heraus, als ich ihr aus dem Hilfsfond für bedürftige Studenten etwas zuteilen wollte; da entdeckte ich, daß sie nicht einmal ein Stipendium hatte. Ihre Eltern spuckten alles aus! Na ja, ihr erinnert euch wohl noch, damals versuchten wir alle, möglichst arm zu erscheinen ... nicht wie die Jugend von heute ... möglichst arm und möglichst schwarz, weil wir dachten, unsere Eltern versuchten ...

«... möglichst weiß zu sein! Mann!»

«Sie war schon seltsam, diese ganze Energie und Empörung, wenn sie uns auf den Versammlungen ins Gewissen redete ... Und wenn ich sie dann auf ihrem Zimmer besuchte und sie zeichnete – ein sanftes, wohlerzogenes Mädchen ... eine Kindfrau ... man konnte nicht glauben, daß es ein und dieselbe Person war ... Ich kann mir einfach nicht vorstellen, daß sie das sein soll ... vielleicht ist sie die Frau dort drüben?»

«Nein, meine Liebe, ich weiß, wer das ist! Ich komme gerade von einer Lesung, die sie an der Wayne State University hatte. Eine Schriftstellerin. Shirley wollte, daß ich mitkomme. Ich kannte sie nicht. Aber, glaub mir, ich wurde *rot,* als ich das hörte, und du weißt, daß *ich* nicht so schnell rot werde. Danach las sie irgendwelche Reiseberichte aus einem Buch, an dem sie gerade arbeitet. Wenn du mich fragst, hätte sie uns damit verschonen können, mit dem einen wie mit dem andern.»

«Was kannst du von diesen New Yorkern schon erwarten?»

«Sie ist nicht aus New York, sie kommt aus einer mickrigen Kleinstadt in Ohio oder weiß der Himmel wo. Du lieber Himmel, ich wäre beinahe geplatzt.»

«Einer von diesen Orten am Arsch der Welt?»

«Am Arsch der Welt und immer geradeaus.»

«Kann's mir vorstellen.»

«Und sich auch noch was darauf einzubilden! Ich wäre beinahe geplatzt vor Lachen. Shirley stieß mich die ganze Zeit an. Sie kannte sie; mir sagte der Name überhaupt nichts, und nachdem ich den Kram gehört habe, lege ich auch keinen Wert darauf, sie kennenzulernen.»

«Was weißt du von Ernest? Er ist wirklich ein Juwel. Hat es je einen Mann gegeben, zu dem sein Name besser paßt? Shuger! Reiner Zucker!»

«Reiner brauner Zucker!»

«Das stimmt, meine Liebe. Hundertprozentig. Wie ist er nur an diese Frau geraten? Ich weiß, er verflucht den Tag.»

«Ich weiß nicht, wie sie sich kennengelernt haben. Sein Vater hat eine Farm in Minnesota; der Junge sollte auf die Universität und Medizin studieren, er stieg aber aus und schrieb über Medizin statt sie zu praktizieren, obwohl er nach allem, was ich höre, so viel davon versteht, daß er glatt eine Praxis aufmachen könnte, wenn er wollte. Ich weiß nicht, manche Leute ...»

«Na ja, jetzt hat er ja eine Patientin ...»

«Du bist einfach nicht zu bremsen. Jedenfalls ...»

«Ich wünschte, ich wär die Patientin.»

«Hört euch das an. Jedenfalls ... was wollte ich sagen, du hast mich aus dem Konzept gebracht.»

«Wie er sie kennenlernte.»

«Ich weiß nicht, wie er an diese Frau geraten ist. Er hätte jedenfalls etwas Besseres verdient ... ich könnte sie mir gut mit ein paar von den andern Typen vorstellen – sie hätten sie auch verdient, aber nicht er. Ich erinnere mich, daß ich damals auch in ihn verknallt war. Ich weiß wirklich nicht, wie sie sich kennenlernten, denn er verkehrte eigentlich gar nicht in unserer Clique. Eines Tages waren sie plötzlich zusammen. Bildeten sozusagen ihre eigene Clique. Sie waren zusammen und blieben auch irgendwie zusammen. Liebe ist eben abartig. Jeder, der sich mit den Abarten der Liebe beschäftigt, sollte sie sich mal anschauen ... Ich weiß nicht, was mit dieser Frau los ist. Jede Frau – sofort. Ich weiß einfach nicht, was manche Leute zusammenhält.»

«Wir haben alle soviel von ihr erwartet. Daß sie die Kunst ändert. Die Welt ändert. Ich habe sie immer gemocht, aber sie gehörte zu den Leuten, die immer ihre moralische Überlegenheit zeigen müssen. Ihr wißt schon. *Zu* idealistisch.»

«Wir waren alle zu idealistisch.»

«Ja, aber *sie* fiel immer irgendwie aus dem Rahmen. Keine von uns wußte, was sie von ihr halten sollte. ‹Eine Außenseiterin unter Außenseitern› nannte Mejia sie.

Oh, sie gehörte zu uns, aber ... es gab welche, die sie liebten, und andere, die dachten, sie würde sich verhalten, als stinke ihre Scheiße nicht ... Sie wurde so wütend auf uns, auf unsere kleinen Machtkämpfe und unsere Borniertheit – und Mensch, konnten wir borniert sein –, sie sagte, wir verhalten uns, als kämpften wir gegen Windmühlen, wo unsere Gegner doch Riesen sind.»

«Ein typischer Ausspruch von ihr.»

«Na, diese Mejia sonderte sich auch manchmal ab, sie lehnte sich sozusagen zurück und tat so, als amüsiere sie das Ganze ...»

«Ja, aber sie kam aus Kolumbien oder aus einem dieser Länder, sie konnte sich nicht so einfach einfügen.»

«Sie war aber genauso hitzig wie alle andern.»

«Stimmt, sie ist auch mit uns mitgerannt, im Gegensatz zu Miss Argentinien.»

«Ja, an Miss Argentinien kann ich mich noch erinnern.»

«Wie hieß die noch?»

«Soviel ich weiß, kam sie aus Nikaragua.»

«Warum wurde sie dann Miss Argentinien genannt?»

«Weiß ich nicht.»

«Inzwischen weiß ich, daß sie viel hitziger war als ich.»

«Mejia wußte, daß sie schwarz war.»

«Und ob.»

«Was sie jetzt wohl so macht?»

«Würde mich gar nicht wundern, wenn sie Guerillakämpferin wäre.»

«Hoffentlich verschwindet sie da unten nicht einfach. Da verschwinden so viele.»

«Jemand hat mir erzählt, daß Loyola nach Kolumbien ging, um Fotos zu machen.»

«Nein, sie ist an der Columbia University und unterrichtet Fotografie. Das weiß ich sicher.»

«Na, ich weiß, daß Mejia eine Guerillakämpferin gewesen sein muß. Deswegen amüsierte sie sich auch ständig so über uns. Wir taten so revolutionär, während sie Che persönlich kannte.»

«Nein, sie kannte ihn nicht, aber seinen Bruder Raúl hat sie tatsächlich mal kennengelernt, kannst du dir das vorstellen?»

«Schon. Und das ist also *sie*?»

«Sie wird ausflippen. Schau sie dir an.»

«Ernie sieht aber blendend aus.»

«Und ob. Wenn er sich doch an eine von uns erinnern würde und mal rüberkäme.»

Glas, Stein, Nägel, Schraubenzieher, Bohrer: alles Dinge, die ich nicht mehr verwenden kann.

«Sie wollte nicht einmal auf Parties gehen. Entweder machte sie uns auf irgendeiner Versammlung fertig oder schrieb ein Manifest über neue schwarze Kunst oder arbeitete an ihren Bildern – als könnte man Riesen mit Kunst bekämpfen! Damals malte sie noch, Plastiken machte sie erst später. Sie schrieb auch etwas über die dreidimensionale Figur und schwarze Ästhetik. Was immer es war, ich sehe keinen Zusammenhang mit dem, was sie jetzt macht.»

«Mein Vater sagte immer, manche Leute können einfach nicht mit Enttäuschungen umgehen. Das ist es wohl. Ich glaube, sie wird einfach nicht mit ihrer Enttäuschung fertig.»

«Enttäuschung? Sie hat doch gar keinen Grund, enttäuscht zu sein. Ich wünschte, ich hätte nur die Hälfte von dem, was sie hat. Den Mann hätte ich allerdings gern ganz!»

«Versteht ihr denn nicht – ich meine, sie ist von sich selbst enttäuscht. Wenn sie sich mißt an dem, was sie von sich erwartet hatte.»

«Ich weiß, daß ich etwas anderes erwartet habe. Ich kann einfach nicht glauben, daß sie das sein soll. Ist sie das wirklich?»

Der Brieföffner

Er schlug die Augen auf, und ich hatte den Brieföffner direkt auf seinen Hals gerichtet. Er schlug einfach nur die Augen auf, blickte auf den Brieföffner und blickte auf mich, drehte sich auf die andere Seite und wartete. Er gab mir ein paar Augenblicke, es zu tun, falls ich es tun wollte. Dann sagte er: «Möchtest erst du duschen oder soll ich?» Als ob es ein ganz gewöhnlicher Morgen wäre, als ob er mit Catherine, einer Frau wie jede andere, zusammenlebte.

«Ich dusche zuerst», sagte ich und legte den Brieföffner in die Schublade zurück. Als ich wiederkam, war das Bett gemacht, und er stand in seinen Unterhosen da.

Dann ging er ins Bad und nahm seine Dusche. Auf dem Nachttisch fand ich ein Glas Wasser und meine Arznei. Ich nahm sie und schaute in die Schublade des Nachttischs: der Brieföffner war verschwunden. Er ist eben nicht auf den Kopf gefallen.

Schon bevor ich eintrete, weiß ich, etwas ist anders

Schon bevor ich eintrete, weiß ich, etwas ist anders. Ich weiß es, aber ich sehe es nicht. Ich sehe nichts, das gefährlich sein könnte. Ich sehe nichts mit scharfen Kanten.

«Was ist los?» fragt er.

«Nichts», sage ich.

Nachts, während er schläft, könnte ich seine Atemluft schlucken. Aber er behält mich nicht bei sich über Nacht.

Leerlauf

«Die Genehmigung gilt nur für ein paar Stunden, dann muß ich dich wieder in die Klinik zurückbringen», sagt er. «Warum versuchst du nicht, ein bißchen zu arbeiten?»

Aber ich tue nichts. Ich stehe vor meinem Arbeitstisch und drehe Daumen.

Ob jemand versteht, warum ich manchmal Angst habe, ihn in die Arme zu nehmen?

Amanda sitzt mir gegenüber

Ein Auge ist größer als das andere. Aus dem einen blickt ein Engel, aus dem andern ein Teufel. Amanda sitzt mir gegenüber. Ein Auge ist größer als das andere. In dem einen sitzt ein Teufel, in dem andern ein Engel. Habe ich sie deshalb immer gemocht?

Ich würde die falsche Stelle erwischen

Wenn ich Ernest wie einen Fuchs in einem Netz fangen müßte, würde ich bestimmt den Schwanz an der falschen Stelle packen, und er würde sich umdrehen und mich beißen.

So eine Frage

«An was denken Sie, wenn Sie und Ihr Mann sich lieben?» fragt meine Therapeutin.

Ist es nicht ungehörig, daß sie eine solche Frage stellt? Aber das ist Amerika. Fügt man sich seinem Therapeuten, so fügt man sich allem.

Sein Schatten

Sein Schatten sieht aus, als inspiziere er meinen.

Wir saßen in Gillettes Studio, aßen Fischsandwiches und tranken Kaffee.

«Ich habe dieses Bild *Yeats* genannt», sagte sie. «Er war sehr prophetisch. Wußtest du, daß er den Antichrist für das Jahr 2000 vorausgesagt hat?»

«Da war er nicht der einzige», sagte ich.

«Hm, das weiß ich nicht, er hat es aber auf jeden Fall vorausgesagt. Und Christus war der Antichrist der Ägypter. Sozusagen.»

Ich pflückte eine kleine Gräte von meiner Zunge.

«Ich habe außer den Crazy Jane-Gedichten nicht viel von Yeats gelesen.»

«Magst du Goethe?»

«Ja.»

«Dieses Bild nenne ich *Auch ich hatte meine Höhenflüge*. Ich weiß nicht, ob die Kritiker das kapieren; sie werden wieder nur das Sexuelle sehen. Ich würde auch gern einmal intelligent genannt werden. X macht auch erotische Kunst, und ihn bezeichnen sie trotzdem immer als intelligent.»

Ich sagte nichts. Ich biß in ein anderes Stück Fisch.

«Bei uns ist es entweder das eine oder das andere. Dabei macht es mir großen Spaß, literarische Anspielungen in der Malerei zu verwenden, wie kleine Puzzles, verstehst du, kleine Code-Zeichen ... Ich hoffe, du bist nicht böse, weil ich das gesagt habe?»

«Weil du was gesagt hast?»

«Nun, ihr habt nun mal keine *große* Literatur, du kannst also auch keine *großen* literarischen Anspiegelungen benutzen, falls du das möchtest.»

Ich biß auf eine Gräte.

«Aber du könntest Musik benutzen. Jazz ist großartig, und Spirituals auch. Soul habe ich nie etwas abgewinnen können. Ich mag Soul nicht. Aber auf Musik könntest du dich beziehen – dich in deinen Skulpturen von Coltrane beeinflussen lassen. Eine gute Idee, nicht? Oder von den großartigen Predigten wie denen von Martin Luther King, zum Beispiel. Das wäre doch etwas. Aber ich frage mich, wie. Ich weiß nicht, ob du da mithalten könntest.»

Ich nehme eine weitere Gräte von meiner Zunge. Zum Teufel mit ihr!

«Vielleicht sollte ich mir selbst mal wieder Coltrane zu Gemüte führen!» Sie lacht.

Sie steht vor ihrem Arbeitstisch, und ich sitze in einem kleinen, antiken Schaukelstuhl.

«Es ist sehr nett von dir, mir Gesellschaft zu leisten, wo du doch deine eigene Arbeit hast», sagt sie. «Aber du bist so still. Was ist?»

«Ich weiß nicht. Eine Laune. Nichts weiter.»

«Ach, ich weiß, wie das ist. Wenn ich nicht meine Launen habe, dann habe ich meine Anfälle. Und manchmal weiß ich überhaupt nicht, wo ich bin.»

«Du malst besser als die meisten Maler, die genau wissen, wo sie sind.»

«Danke, das freut mich, vor allem, wenn du es sagst.»

«Warum nennst du das Bild *Schönheit zum Essen*? Ist das auch eine literarische Anspielung?»

Sie lacht. «Nein, meine Familie hält mich für verrückt, weil ich versuche, Kunst zu machen. Ich sage ihnen, ich möchte Schönheit schaffen. Und sie sagen, Schönheit kann man nicht essen. Deshalb nenne ich es *Schönheit zum Essen*. Verstehst du?»

Ich nicke. Sie malt mit einem Tauchkolben. Kennen Sie diese Dinger? Es sieht aus wie eine große Muschi – das Bild, nicht der Tauchkolben. Der Tauchkolben eigentlich auch.

«Sie finden mich schlecht und selbstsüchtig, weil ich nicht heiraten und Kinder haben will wie die andern jungen Mädchen unserer Stadt, aber das wäre einfach tödlich für meine Arbeit. Ein Kind bedeutet, daß man sich aufgegeben hat.»

«Das glaube ich nicht.»

«Das kannst du mir aber glauben, Cathy. Und ich habe nicht vor, aufzugeben, noch längst nicht. Das heißt nie!» Sie zwirbelt ihre Haare und schiebt ein paar Strähnen hinters Ohr. «Ich würde nie meine Arbeit einem Mann oder einem Kind zuliebe aufgeben, auf keinen Fall, eher würde ich sie aufgeben ... Du denkst, ich bin verrückt, nicht?»

«Nein», murmele ich.

«Aber du wirst heiraten, Cathy», ruft sie. «Du schon, und du wirst viele Kinder haben und ...»

«Ich gebe auch nicht auf.»

«Oh, doch, du schon, Cathy. Und weißt du, warum?»
«Warum?»
«Weil du nicht fies genug bist.»
Ich starre sie an.
«Du hättest mir nämlich sagen müssen, ich soll mich zum Teufel scheren, als ich dir gute Ratschläge gab, wie du arbeiten solltest, und das hast du nicht getan.»

Stellen Sie mich nicht der Künstlerin vor?

«Stellen Sie mich nicht der Künstlerin vor?»
«Oh, Catherine, das ist einer unserer bekanntesten Kunsthistoriker.»
«Wunderbar, einfach wunderbar. Es erinnert mich an das, was die Cree-Indianer – es sind doch die Cree-Indianer? – mit ihren Kanus machen, diese Schnitzereien, so ausdrucksvoll und so ursprünglich. Macht sich nicht auch Gillette Vikings Einfluß hier bemerkbar? Sie sollten sich vor ihr in acht nehmen, sie ist ein Ungeheuer.» Er reibt sich die Hände. «Ah, und das, das ist ganz nach meinem Herzen. Einfach hinreißend. Ein Festessen.» – Er schmatzt mit den Lippen. «Wirklich eine großartige Ausstellung. Nehmt sie nicht ausschließlich in Beschlag. Laßt sie unter die Leute.»
«Ich versuche, sie zu überreden, mit einigen von uns zu einem Empfang auf die Ranch zu fahren, zu einer Rezeption, aber sie will nicht.»
«Sie will nicht?»
«Nein, sie weigert sich.»
«Nun, es ist unbestreitbar eine tolle Ausstellung, ich habe ganz neue Aspekte entdeckt. Ich bin aber immer noch der Ansicht, daß die *Vogelfängerin* das sexuelle Los der Frauen darstellt. Aber was weiß ich schon, ich bin ja nur ein Kunsthistoriker.» Er blinzelt mir zu.
Ich drücke mein Glas Sherry gegen meine Bluse.
«Vor Kunsthistorikern wird gewarnt», sagt der Direktor.
«Sie sollten mit auf die Ranch kommen», sagt der Kunsthistoriker.
«Nein, mein Mann wartet im Hotel auf mich.»
«Sie sind verheiratet? Sie sehen aus wie ein kleines Mädchen. Lassen Sie ihn doch warten.» Die Hand auf meinem Arm.

«Gehen Sie zum Teufel.»

Er murmelt etwas und zieht ab.

Ein paar Worte zu Gwendola

Sie sitzt auf dem Flur. Sie scheint eine Hand mit der anderen zu erforschen. Wenn man an ihr vorbeigeht, sagt man ‹Wie geht's›, stellt aber keine weiteren Fragen.

Porträt

Ihre Nase sieht gepudert aus, aber das übrige Gesicht glänzt.

Die Galeristin der Galerie zeigt sich überrascht

Die Galeristin zeigt sich überrascht.

«Ich bin Catherine Shuger», sage ich.

«Sie sind Catherine Shuger?»

Ich habe geträumt, daß Gillette und ich gleichzeitig in diese Galerie kamen. Die Galeristin ging durch mich hindurch, um Gillette zu begrüßen.

«Ah, Sie müssen Catherine Shuger sein.»

«Nein», schmollte Gillette, «das ist Catherine Shuger.»

Die Galeristin der Galerie drehte sich um, konnte aber nicht wieder durch mich hindurch zurückgehen.

Als Ernest etwas von ihr sah

Ernest sah etwas von Gillette. In diesem Buch über moderne Kunst. Wir blätterten gemeinsam darin herum.

«Sie ist gut, nicht?»

Ich sagte ihm nicht, daß ich sie kenne.

«Ich finde sie sehr gut», wiederholte er.

Von ihr selbst war kein Foto darin, nur von ihren Arbeiten. «Ich finde das da besser.» Ich zeigte auf etwas anderes.

«Nein, sie ist viel besser als das.»

Was pflegen Spottdrosseln zu tun?

«Bist du auch drin?»

Ich finde etwas von mir.

«Warum hast du ihnen das gegeben? Das ist deine schlechteste Arbeit. Da erscheinst du als Leichtgewicht.»

«Ich kann mich nicht mit einem banalen Traum zufriedengeben», sagt Gillette.

«Wie meinst du das?»

Sie stößt mit ihrem Pinsel gegen die Leinwand. «Ich möchte die Größte sein. Zumindest die Größte meiner Generation.» Sie lacht. «Findest du, das ist genug Ehrgeiz?»

Wenn sie Ehrgeiz sagt, hört man die Hyäne brüllen.

Liebe Amanda Mariner Wordlaw,

daß ich Deinen Mädchennamen kenne, hättest Du wohl nicht gedacht, mein Herz?

Es war eine echte Gemeinheit von Dir, nicht mit uns zurückzufliegen. Aber da sitzt Du nun auf Deiner sonnigen Insel. Gestern dachte ich über den Quatsch nach, den Du mir erzählt hast, über die Sache mit der Show, daß ich immer eine Show abziehe, mit dem, was ich tue, mich immer produzieren will.

Das trifft eher auf Dich zu, meine Liebe. Wir waren Deine *Show* – und als wir Dir zu langweilig wurden, als meine Mordversuche nicht mehr phantasievoll genug waren, als wir zu einem Film wurden, den Du schon zu oft gesehen hattest, als Du dachtest, Du müßtest ernstlich an unserem Leben *teilnehmen,* als Du dachtest, wir würden Dich am Wickel kriegen – da hast Du Dich aus dem Staub gemacht.

Aber ich sehe Dich vor mir, wie Du da im Pfauensessel sitzt und Deine Hefte vollschmierst (mein Leben würde nicht ausreichen, wenn ich so viel vögeln und so viele Schwänze in den Mund nehmen wollte wie Deine Heldinnen), oder am Strand auf der Suche nach einer neuen Attraktion! Und schicke mir mein Tagebuch zurück – ich weiß, daß Du die Nase reingesteckt hast!

Übrigens, ich habe Deinen Lantis und Deine Panda kennengelernt. Was für ein reizendes kleines Mädchen! Wirklich zum Liebhaben. Und Dein Mann! Ich verbrachte den ganzen Abend mit den beiden, und sie fragten ganz begierig (besorgt?), ob es Dir auch gutgeht. Du weißt wirklich nicht, was Schönheit bedeutet, oder Du glaubst wohl, es ist etwas zum Essen (wenn Du an mein Tagebuch gegangen bist, weißt Du, was ich meine). *Mich* hast du einmal ein perverses Weib genannt – Du solltest unserem Club beitreten, meine Süße!

Ich weiß, Ernest war drauf und dran, in Dir die bessere Frau zu sehen, aber die bist Du nicht. Du bist auch nur ein verzogener Balg. Vielleicht hättest Du mitkommen sollen, und ihr hättet es miteinander treiben können, falls es darauf hinauslief. Das dachten ja sowieso alle.

Vielleicht hätten wir uns auch prügeln sollen – in einer Bar, wie in den alten Western. Würde zu Deinen Cowgirls passen. Ich sehe es vor mir, wie wir uns auf dem Boden herumwälzen, und Ernest sitzt nur da und lächelt. Hätte ihn vielleicht ein bißchen entlastet, was? Vielleicht hätte ich Dir die Hölle heiß machen sollen. Zum Beispiel, wie schmecken Dir denn Deine Pilze?

Aber daß er nicht sieht, wie Du wirklich bist! Du wolltest nur aus Angst vor dem, wozu Du selbst imstande bist, nicht glauben, was das Rasierklingenweib getan hat. (Ich weiß, wer mir diesen Vogel aus Glas geschickt hat!). Etwas anderes. Ich habe mir eine Ausstellung unserer lieben Gillette angesehen. Ich ging aber nicht an dem Tag, an dem sie selbst erwartet wurde, weil ich sie nicht überraschen oder aus der Fassung bringen wollte. Hast Du nicht einmal irgendwo geschrieben, das sei ein und dasselbe: Überraschung und Furcht? Jemand muß ihr aber Bescheid gesagt haben, daß ich dort war. Sie schickte mir nämlich diese Postkarte, auf der sie mich fragt, ob ich nicht eine Zeitlang mit ihr zusammen sein will. Kannst Du Dir das vorstellen? Sie muß wissen, daß ich's weiß. Sie will nach Marokko, Amsterdam, Paris und fragt, ob ich mitkommen möchte. Vielleicht hat sie auch nur Angst, allein zu reisen. Kannst Du mich als Teil ihrer Entourage sehen? Aber trotzdem, als ich ihre Bilder anschaute, dachte ich, sie ist vielleicht doch die Beste aus unserer Generation. Es wäre möglich. Aber was ist schon unsere Generation ... nichts, wofür sich Mord und Totschlag lohnt, was?

Von einem perversen Weib an ein anderes
Hochachtungsvoll

Catherine Peacock Shuger

Epilog

Ich schlief mit dem Rücken zu Lantis. Zuerst schliefen wir beide mit dem Rücken zueinander. Dann drehte er sich nach mir um und legte mir die Hand auf die Schulter.

«Was für eine Frau bist du?» fragte er leise.

«Das weiß ich nicht», sagte ich.

«Komm mir nicht mit diesem Unsinn, daß du dich selbst finden möchtest.»

«Ich komme dir nicht mit diesem Unsinn», sagte ich. Ich hatte mich ja längst gefunden. Hatten wir uns nicht alle schon gefunden, egal wie?

Der Druck auf meine Schulter brachte mich dazu, ihm das Gesicht zuzuwenden.

«Manda-Panda?» fragte er.

«Ja?»

«Etwas Besseres fällt uns nicht ein? Fällt uns wirklich nichts Besseres ein?»

Ich sagte nichts.

«Das hätte ich mir nie vorstellen können», sagte er.

Wäre die Szene von mir geschrieben worden, hätte ich ihn vielleicht sagen lassen: ‹Wenn ich doch nur den Mund gehalten hätte›, und sie hätte geantwortet: ‹Dazu bist du einfach zu aufrichtig.›

«Ich hätte mir das auch nie vorstellen können», sagte sie. Stattdessen.

STREICHEN SIE DAS UND FANGEN SIE VON VORNE AN

Prolog

Als der junge Mann im Café von seinem Tisch aufblickte, lächelte er mir zu. Ich hatte ihn nur kurz von der Terrasse aus gesehen, aber er war der schönste junge Mann, der mir je begegnet war. Tiefschwarze Augen, braune Haut, schwarzes Haar. Züge wie gemeißelt, übernatürlich.

Ich ging zu seinem Tisch hinüber.

«Sie sind der junge Mann, der meiner Freundin das Leben gerettet hat», sagte ich.

«Ich habe Ihrer Freundin das Leben gerettet?»

«Diese Frau, die Sie aus dem Wasser gezogen haben – ich bin ihre Freundin.»

Als der Kellner kam, bestellte ich einen Espresso und setzte mich zu dem Jungen an den Tisch. Ich nenne ihn einen Jungen, weil er höchstens 23 Jahre alt war – für mich ist das heutzutage ein Junge. Seine Arme in dem kurzärmeligen weißen Hemd waren schlank, aber er sah sehr zäh aus.

«Ach, das», meinte er. «Sie sagt, ich hätte sie gerettet, aber als sie unterging und ich zu ihr hinüberschwamm, konnte ich sie nicht finden. Ich tauchte, konnte sie aber trotzdem nicht finden. Plötzlich umklammerte diese Frau meine Wade. Sie kämpfte richtig darum, gerettet zu werden, und ich zog sie hoch. Die hat sich selbst gerettet, wenn Sie mich fragen.»

Ich trank meinen Espresso.

«Wie fühlt man sich in Ihrer Haut?» fragte ich.

«Ich verstehe nicht, Señora, was meinen Sie?»

Immer bin ich Señora, immer.

Der junge Mann schaut mich noch immer mit dunklen, ruhigen Augen an.

«Wie meinen Sie das, Señora?»

«Wie fühlt man sich», frage ich, «als der schönste Mann der Welt?»

neue frau

Eine Auswahl

Simone de Beauvoir
Marcelle, Chantal, Lisa ...
Ein Roman in Erzählungen (4755)

Toni Bentley
Tanzen ist beinahe alles
Selbstporträt einer Tänzerin des New York City Ballet (5177)

Marie Cardinal
Schattenmund (4333)
Der Schlüssel liegt unter der Matte (4557)
Die Irlandreise
Roman einer Ehe (4806)
Selbstgespräch mit Klytämnestra
Roman (5322)

Phyllis Chesler
Mutter werden
Die Geschichte einer Verwandlung (4655)

Judy Chicago
Durch die Blume
Meine Kämpfe als Künstlerin. Mit einem Vorwort von Anaîs Nin (5310)

Kate Chopin
Das Erwachen
Roman (4507)

Laurie Colwin
Eine altmodische Liebesgeschichte und andere sentimentale Stories (5282)

Liza Dalby
Geisha
Eine Amerikanerin erlernt den ältesten japanischen Frauenberuf (5557)

rororo

C 912/8